Franz Tumler

Volterra

Wie entsteht Prosa

Serie Piper
Band 1501

Zu diesem Buch

Franz Tumler, der am 16. Januar 1992 seinen 80. Geburtstag feiert, gehört zu den Großen der deutschen Literatur, um die es still geblieben ist. Sein Prosastück über die toskanischen Städte Volterra und Ansedonia ist ein Meisterwerk lyrischer Prosa und ein Höhepunkt modernen Schreibens. In dem Aufsatz »Wie entsteht Prosa« zeichnet er plastisch die Bewegungen zwischen Bild und Wirklichkeit, zwischen Sprache und ihrem Gegenstand nach, die dem Entstehen von »Volterra« zugrunde liegen. Beide Texte zusammen ergeben ein erregendes Zeugnis der literarischen Moderne.

Franz Tumler, geboren 1912 in Gries bei Bozen, aufgewachsen in Linz, lebt heute in Berlin. Zu seinen Hauptwerken zählen »Der Mantel«, »Aufschreibung aus Trient«, »Das Tal von Lausa und Duron«, »Ein Schloß in Österreich«, »Nachprüfung eines Abschieds«, »Das Land Südtirol«, »Pia Faller« und »Sätze von der Donau«. 1985 erhielt er den Walther-von-der-Vogelweide-Preis.

Franz Tumler

Volterra

Wie entsteht Prosa

Mit einem Nachwort von
Uwe Heldt

Piper
München Zürich

»Volterra« und »Wie entsteht Prosa« erschien erstmals 1962 im Suhrkamp Verlag, Frankfurt.

Von und über Franz Tumler liegen in der Serie Piper außerdem vor:
Das Land Südtirol (352)
Der Mantel (622)
Das Tal von Lausa und Duron (651)
Ein Schloß in Österreich (652)
Pia Faller (807)
Sätze von der Donau (869)
Aufschreibung aus Trient (1019)

Welche Sprache ich lernte.
Texte von und über Franz Tumler.
Hrsg. von Hans Dieter Zimmermann (681)

ISBN 3-492-11501-2
November 1991

Umschlag: Federico Luci,
unter Verwendung des Aquarells »Tivoli« (1828)
von William Turner
Satz: Hanseatische Druckanstalt GmbH, Hamburg
Druck und Bindung: Clausen & Bosse, Leck
Printed in Germany

Volterra

1 Ansedonia und Volterra

Die Sonne ist noch am Himmel, aber man sieht sie nicht mehr, sie geht am Himmel schon unter in der Zone aus Staub, die sich über der winterlichen Erdhälfte nicht mehr löst; – gestern noch über dem Meer: auf seinem Horizont, der als Berg aufstieg, setzte die Sonne einen weichen Fuß auf und sank langsam ein; und das grüne Leuchtfeuer auf dem Vorgebirge war zu erkennen, und das rote Leuchtfeuer vor dem Hafen, das wegweisende und das hemmende Feuer, sie blitzten schon lange herüber; und jetzt male ich es dir auf die Scheibe: grün, rot, und dazwischen die Stadt, über die du gegangen bist, eine ebene Tafel: Ansedonia auf dem Hügel von Cosa; Mauerwerk, Pflaster, Rinnsal, die hochgehobene Stadt, verlassen, ausgegraben, der Stein an den Tag gelegt, von wem bewohnt –

Ansedonia: ich war zuerst allein oben. Ich ging zu Mittag in die Höhe zwischen Geröll und Gestrüpp, die Zikaden schnellten mir auf die Haut und sprangen ins Laub ab; Dornenstrauch, Heidekraut, rote Erde; Kirschenfrüchte, orangefarben, stachlig; Paradiesesbaum; ein Dornenwall versperrte mir den Einstieg in die kyklopische Mauer. An ihrem Fuß fauliger Müll, der Meerhorizont aus Kreide, eine Rauchfahne, ein Inselrücken wie ein Schlammhaufen, die Rauchfahne rückt vor, und nun erinnere ich mich: so weit draußen gehen die Schiffe vorüber –

Volterra: Es war Sonntagnachmittag und Herbst. Wenig Fremde im Land, da bekommt es sein eigenes Leben zurück. Erde und Himmel trocken, das Laub gelichtet, von Dürre geschrumpft, auch die Äcker abgeräumt, die Früchte geerntet. Vor dem Bauernhof liegen die Maiskolben auf den Steinen; ein Nest fauliger Feigen in dem geschlitzten Weidenkorb auf dem flachen Dach zieht die Wespen an. Die struppigen Hunde zittern an der lang gelassenen Kette. Gefaserte Rindenhaut der Zypresse über dem Grabhügel, dann kommt der Ginster und die Asche aus zwei Jahrtausenden, eingeäscherte Zeit, Mondbahn, die schräg ziehenden schwefligen Rauchfahnen aus Erdspalten, und weit draußen der rotgoldene Glanzstrich des Meeres. Davor die Stadt Volterra auf der Erdkralle, die dunkle Halskrause ihrer Festung, die ein Zuchthaus ist: eisern geschmiedeter Reif, gelbe Erde, blaue Straßen, ungetauft, Vorhölle, Limbo; der Ort, zu dem Christus hinabstieg. Deutlich sind in dem Land nur die Gräber: schwerer Grabdeckel mit dem weißen Engel, vor dem die rote Magdalena erschrickt – ihr Gewand in der Farbe der Liebe, dasselbe Rot wie auf den Flügeln der Engel, die als gefiederte Geschosse das Sterbelager Mariae umschwirren. Volterra – eine Stadt, die lebt: mit Häusern, Sonntagsruhe, aufgehängter Wäsche zwischen den etruskischen Mauern. Das etruskische Tor, breit genug für das Postauto, das in Richtung auf das Meer zu fährt. Dort weit draußen die andere Stadt, unbewohnte Klippe, Weideplatz zwischen den Mauern. Der Unterschied ist nicht groß –

Ansedonia: Als ich zu Mittag kam, gelang es mir nicht sobald, den Einstieg zu finden. Der Ort war als Viehweide benutzt worden, nun hatte man ihn mit Dornenverhau verrammelt und nur eine schmale Pforte offen gelassen. Ein Stall aus Zement an die Mauer geklebt. In seinem Schatten ein Fahrrad, eine Weinflasche, eine Vogelflinte. Eine aus Beton gegossene kreisrunde Plattform mit der vertieften Gradeinteilung der Himmelsrichtungen: ein Geschützsockel aus dem Krieg; und hier schläft ein Mann, den Kopf in den Ellbogen gedrückt, den Hut im Gesicht.

Der Wächter schlief. Ich sah das Innere der Stadt. Sie war eine ebene Tafel, von den Mauern emporgehalten und eingeschlossen, aber wo früher Stadt gewesen war, wuchsen Ölbäume, Sträucher, Gräser und Blumen. Der umgrenzte Platz war nur dem Himmel offen, er lag lang gestreckt wie das Verdeck eines Schiffes auf der Klippe über dem Meer. Zeichne ich es dir auf, ist es ein Schiff, von dem die Aufbauten abgeräumt, oder in Gestalten aus anderem Stoff übersetzt sind. Vorne am Bug, wo die Mauern spitz zusammenlaufen, ist ein unbenutzbarer Rest, wie Versteinerung, noch geblieben; aber in der Mitte, wo sie sich öffnen, erfüllen Hain, Wiese und Wildnis den alten Umriß. Gras, das nicht gemäht wird, Blumen, die niemand pflückt, Früchte, die der Wind erntet, decken den Stein, der hier nicht verwittert, mit dem Abfall, der sie selbst sind, mit Duft und Krume.

Ich sah es im Mittaglicht vor mir: weiße Steine, langes wehendes Gras, in dem die Stämmchen der Ölbäume wie in Wasserflut gebrochen eingetaucht

waren; Laub und kleine Wolken schwirrender Vögel. Die Stadt blühte und summte in der Klammer der Mauern.
An dem Wächter sich vorbeizustehlen ins Innere: Ein tiefer schmaler Graben zuerst, der mit seinem Abstich das Fundament eines Hauses freilegt – oder was es sonst war; ein Körper aus Stein. Dann abgenutztes Pflaster, an seinem Ende eine Stufe und in ihr ein winziger Kreis, vertieft, eingeschliffen in den Stein.
Der Besucher denkt: Eine Türangel, ein Tor. Gern würde er es zu jemand sagen; er hat etwas entdeckt, diesen Kreis, der ein Tor anzeigt – da erblickt er oben auf dem Erdhaufen den Wächter, der nach seinem leisen Schlaf aufgestanden, der von Schritten geweckt worden ist und nun hersieht.
Einen Augenblick ist es unentschieden, wie es weitergehen wird. Aber dann deutet der Besucher auf den Kreis im Stein und sagt: Das war doch ein Tor hier?
Der Wächter kommt langsam herunter, er tritt auf Ziegelscherben, Erde bröckelt; er sagt: Ja. Das Tor.
Von da an geht es in Worten dahin: Wiederholung, Benennung, Schritte. Das Tor, eine Straße, die Stadt. Ein Theater, Säulenstumpfen, die zu einem Tempel gehörten; Zisternen, ein Wasserspeicher; Ziegelröhren, durch die das Wasser floß; kleine Steinchen, zusammengekittet zu einem Stück Fußboden; aber alles verstreut, entlegen. Der Wächter, der schläft, bewacht die Stadt Ansedonia, die auf dem Hügel von Cosa schläft, in der niemand wohnt.
Aber es wohnt jemand da, sagst du. Ich weiß, du sagtest es damals schon. Es war am Abend, wir

gingen zusammen hinauf. Das Fahrrad war weg, der Wächter war nicht mehr da. Nun waren es Ölbäume, Wiese und gesellige Sträucher. Der Hain bewohnt von Sträuchern, die auf der Klippe den Wind aushalten müssen. Der Baum von geflügelten Früchten voll wie von hölzernen Stimmblättchen, die gegeneinander schlagen und sprechen. Das harte Laub, das schnattert. Der blaue Himmel, das Meer, tief, fern. Alle Geräusche unten. Nur der Wind, ein Sausen, ein Sprechen in den Lüften.

Ich sagte: Es sind die Sträucher. Es ist das harte Laub an den Sträuchern, das immerzu spricht. Die Zikaden und das Laub sprechen, der Stein rieselt und spricht.

Aber es wohnt jemand da, sagtest du wieder. Du sahst es sofort, du wolltest es mir auch zeigen. Aber ich konnte es nicht sehen. Vielleicht kannst du es mir jetzt zeigen?

2 *Von wem bewohnt*

»Ich sah es sofort. Der Wächter war nicht da. Wir stiegen über den Graben. Als ich mit dem Fuß drüben war, brach Erde hinter uns ab, und immer noch rieselte etwas nach wie von Schritten: Echo und leises Reden von Erdteilchen. Ich spürte sofort, daß jemand außer uns da war. Ich sah die Mauern links und rechts und spürte, daß es hier innen anders war als draußen. Du wolltest mir alles von dem Ort erklären, wie es dir der Wächter erklärt hatte; ich wollte es auch gern verstehen und ging dir nach. Aber dann sah ich, daß jemand hier schon vor uns gegangen war, und ging nicht nach deinen Schritten, sondern nach den Schritten dieser andern, die du nicht sahest. Es waren so viele, sie gingen immerzu hin und her, oben auf dem Platz aus Stein, und unten im Gras; sie waren an jeder Stelle, ehe ich hinkam, schon da; und es waren immer Personen und Namen; mit Blicken, Abstand, Anwesenheit und Einladung zur Person.

Ich war zum ersten Mal an dem Ort, aber ich war an ihm wie zu Hause. Ich wurde ganz ruhig. Am liebsten wäre ich wie die andern hin und her gegangen auf diesem Platz aus Steinplatten zwischen den Mauern, und lieber noch unten im Gras, wo es breiter war, immer hin und her zwischen den Mauern; und du wunderst dich ja auch, warum ich auf einmal dort innen so viel gehe, und es mir nicht Anstrengung

macht, wo ich doch sonst nicht gern weit gehe. Aber es ist anders, wenn man draußen geht, und immer einmal umschauen und nachrechnen muß, wo man ist, und wie weit man schon ist; oder vorausschauen, wie weit man noch hat; überhaupt: man weiß nicht, wo man ist, wenn man draußen geht – man muß es erst ausrechnen. Hier innen brauchst du nichts zu rechnen, dich auch nicht umzuschauen, du kannst ruhig hin und her gehen; jemand anderer hat es ausgerechnet, gezählt, festgemacht; du weißt, wo du bist, du bist innen, gehst innen hin und her auf diesem festen Platz; und er ist immer noch da.
Ich sage dir, ich war nie ruhiger als dort, im Innern der Stadt; ich konnte es dir nur nicht erklären, weil du glaubtest, es spricht das Laub; und als ich dir sagte: Nein, nicht das Laub; es nun an mir sehen und von mir haben wolltest; aber das ging nicht. Ich dachte: wenn wir einmal nicht mehr weggehen müssen, und wenn auch nicht immer das Laub spricht, oder die weißen Steine sprechen, könntest du es selber sehen und dann auch verstehen, daß ich es dir nicht zeigen konnte; und wirst verstehen, daß ich es dir zeigen wollte, damals schon; und ich wollte auch nicht weg.«

Ich konnte es nicht sehen. Vielleicht, wenn ich noch einmal anfange. Ansedonia auf dem Hügel von Cosa: grün, rot, die Tafel, über die du gegangen bist, Mauerwerk, Pflaster, Rinnsal, die hochgehobene Stadt, der Stein an den Tag gelegt, von wem bewohnt;

– aber ich kam zu Mittag hinauf und konnte den Einstieg nicht finden, und dann hatte ich etwas entdeckt und wollte es gern jemand sagen, und von da an ging es in Worten dahin – auch am Abend, als wir zusammen kamen; ich wollte es dir erklären:
das Tor, die Straße, die Stadt. Was von einer Stadt übrig bleibt: die Brunnen verschüttet, tief in die Erde gestopft; Säulenstümpfe, wo einst ein Tempel war; eine Hufeisenspur, wo man Theater spielte. Eine besondere Art Erdreich: es nährt den Thymian, den Rosmarin, den Ölbaum, die Sträucher mit den klappernden Früchten. Versteinerung und Krume, ein Name, und ein Wächter, der schläft.

3 Dieselben Worte

Wiederholung, Benennung, Schritte. Es sind dieselben Worte. Der Polizist in Volterra steigt von seinem Podest auf der Straßenkreuzung und sagt: Ja, das Tor. – Er meint, man kann durchfahren, und er zeigt auf das Postauto, das die steile gepflasterte Straße hinabrollt, das Tor passiert und sich von der Klippe abstößt gegen das Meer –
Dort die andere Stadt: Ansedonia. Der Wächter deutet auf das Pflaster, über das ich gegangen bin, und zeigt auf den Körper aus Stein und sucht nach einem Ausdruck. Dann sagt er: Oh ja, das Tor auf dem Kapitol! – Aber das Kapitol gab es in Rom, stelle ich mir vor; auch hier? – Er zeigt auf die kleinen, in Stein gehöhlten Wannen auf dem Absatz der freigelegten Mauer und sagt: Das sind Gräber, kleine Gräber von Kindern! Ich sehe den hochgelegenen Steinplatz, den Mauerkranz, mit Gräbern gepanzert, die gehärtete Stelle hier an der höchsten Spitze der Stadt. Der Bug des Schiffes, das Kapitol, die Scheibe aus Zement mit der Gradeinteilung; als zwei Punkte schwirren Flugzeuge über das Meer die Küste entlang –

Volterra: Der Polizist sucht nach Worten, um zu erklären, daß man in der Stadt besser zu Fuß ginge. Er beschreibt einen Weg, der außen an einer Terrasse entlang führen soll; er sagt: Die etruskische Mauer;

und es ist zu verstehen, daß man dann oben auf der Mauer dahin geht; es ist der bessere Weg, der Platz innen ist nicht Viehweide, sondern ein mit Stein ausgefüllter und von schmalen Gassen geritzter Körper. Die Gassen kreisen um gewisse Zentren: Dom, Baptisterium und Zisterne; man muß achtgeben, daß man nicht im Kreis geht. Der Polizist sagt: Die Zisterne, die Terrasse, dann rechts, links, wieder links!
Die Zisterne kreiselt in die Tiefe. Sie steht hier auf einem Platz vor dem Rathaus, der jetzt ein Parkplatz ist. Der Mann, der ihn bewacht, reißt einen Zettel von einem Block. Die Fremden recken sich die Köpfe aus nach den Wappen, die von den grauen Wänden blicken. Es sind bunte hochgeklebte Teller, und wenn man genauer hinsieht: Gesichter unter Visier –

Der Wächter in Ansedonia kann sieben Zisternen vorzeigen: Stacheldraht, Blumenduft, die kreisrunde Öffnung in die Tiefe –
Volterra: Das Baptisterium steigt aus der Tiefe. Hier ist die Besichtigung eben zu Ende. Aber der Mann mit der Mütze hat die Tür noch nicht geschlossen. Er geht noch einmal zurück und beginnt seine Erklärung von neuem: Man wurde mit dem ganzen Körper eingetaucht und getauft –
Der Wächter in Ansedonia klettert über Schutt in das Gewölbe des Wasserspeichers, er klopft an die harte glatte Wandverkleidung und ruft das Echo aus der Tiefe hervor.

Ansedonia: Die Zisternen sind leer. Volterra: Die Taufschale im Baptisterium, fugenlos, tiefgewölbt, ist trockener Stein.
Ansedonia: Säulenstümpfe, von denen Eidechsen blitzen; der Wächter verläßt die Steine, die früher Straße waren; seine Schritte knicken die Gräser. Volterra: Antike Säulen, Steinchen, die in der Höhlung glänzen; draußen die in den Körper der Stadt geritzte Schattenstraße. Eine Stiege geht von ihr ab. Unter dieser Straße kreist eine andere Straße, ihre Richtung läßt sich nicht ausmachen, aber hinter der Ecke steht der Polizist auf seinem Podest.
Es ist dieselbe Stelle. Der Polizist winkt. Er zieht einen Stadtplan hervor und deutet auf einen Namen. Er meint, wir suchten eine bestimmte Sehenswürdigkeit. Aber wir haben den Namen, auf den er zeigt, niemals gelesen. Er spricht ihn weich, ganz vorne auf den Lippen, aus: Le Balze – der Abgrund. – Er deutet etwas an von Erdbewegung und Blick in die Tiefe.
Einstweilen ist es ein Name, ohne das Deutliche, in der Vorstellung lang schon Vorweggenommene, das, mitschwebend aus der Ferne her, als Erzeugnis der Einbildungskraft die vielen andern Namen begleitet. Nun, in der Nähe, verschwindet es. Volterra, ein Name; Schritte über die von dem Alabasterstaub hellen Pflastersteine. Der Polizist meint, man könne es mit Schritten erreichen.

4 *Die Knaben*

Der Polizist meint Jetzt und Hier, er regelt den Verkehr, aber wir waren nach Volterra auf einer Straße gekommen, die es nicht gab. Es war die direkte Straße: ein grauer gebrochener Strich auf der Karte, aber in Wirklichkeit war sie ein Weg, der aufhörte. Ein Stück war noch Hohlweg. Ein wenig später kamen Spuren eines Traktors, der auf einem Acker gewendet hatte. Einmal kam ein Stück, das durch Schlagbäume abgetrennt war und als Auslauf für Pferde diente. Aber wir hielten uns an den grauen Strich, und wenn wir ihn nicht finden konnten, sahen wir am Himmel Volterra, und hatten nur Furcht, daß es sich nicht einholen ließe.

Wir waren auf der alten Straße, die es von früher noch gab und die nicht mehr befahren wurde, gekommen. Erst als wir Volterra verließen, sahen wir die neuen blauen Straßen, auf denen es schnell zu erreichen war: sie lagen alle drüben auf der andern, lebenerfüllten Seite der Stadt. Wir waren auf ihrer nicht mehr benutzten Seite angekommen; und diese nicht mehr wahrnehmbare, nicht mehr wirkliche Seite ließ uns alles erkennen – der nicht mehr wirkliche Zugang führte uns hinein:
Moderiger Abstich, Verschmutzung durch blaue Trauben, die Furchen von Spinnennetz überzogen, die metallische Haut des Berges von fauligem Müll

überschwemmt, Blechdosen, Glasscherben, die Stadt fern, der Name verschleiert, falschzeigende Schilder, die Schilfnester aus Bambus besetzen höhnisch den Berghang.
Hier, auf dem Wein- und Schilfhang, über den es hinauf zur Stadt ging, waren wir zum ersten Mal den fremden Gesichtern begegnet. Sonntagnachmittag, die Stadt schickt ihre Spaziergänger aus. Die Straße führte in eng gezogenen Kurven, der Hang war bedeckt von den krüppeligen Girlanden der Weinreben, die jede doppelt zu sehen waren: sie hingen mit fleckigem Laub, und schwer von den blauen Trauben, zwischen den Bäumen, und zeichneten dieselbe Figur als Schatten noch einmal auf die braune Erde. Aus dem Dickicht der Gärten quoll der Hopfen wolkig grau durch die Zäune; das anders graue, vom Staubhauch belegte Laub des Efeus kroch über die Steinmauer. Hohe ausfahrende Schilfstücke standen am Straßenrand und gaben jeweils nur ein kurzes Stück Sicht frei. An jeder Krümmung mündete ein Geflecht von Abkürzungswegen, wie sie von Fußgängern ausgetreten werden; und an einer solchen Stelle kam uns die Schar der halbwüchsigen Knaben entgegen – jeder auf seinem eigenen Weg, als sei die Verästelung der Wege für sie vorbereitet worden. Sie schwangen Stöcke und Laubbuschen und drängten sich mit freundlichem heftigen Lächeln dicht an den Wagen. Sie trugen schwarze Anzüge und hatten alle auffällig gelbe Gesichter; sie schienen lebhaft zu sprechen. Wir konnten von ihren Stimmen durch die Scheibe nichts hören, aber wir sahen: ihr Lächeln war nur in den

Gesichtern, nicht in den Augen. Und es veränderte sich auch nicht; es lag auf jedem Gesicht wie eine ihm einmal eingedrückte und dann erstarrte Bewegung. Bei einigen erlosch es; etwas Unsichtbares, daraus es sich speiste, schien erschöpft zu sein. Plötzlich belebte es sich wieder. Ein Erwachsener, Aufsichtsperson oder Lehrer, war aus dem Schilf hervorgetreten. Langsam wandten sich die Knaben ab. Einige zögerten, ihr Lächeln traf uns noch, als wir weiterfuhren – ein fremd empfangenes Leuchten: die Augen blieben stumm, die Phosphorstirnen blickten uns regungslos nach.

5 Der Abgrund

Ich erzähle dir jetzt von Volterra, aber es ist lange her, ich brauchte so lange, bis ich mich auskannte, wie es dort war. Jetzt erst, im Winter, vor dem schwarzen Mauerstück, über dem die Sonne schon untergeht in der Hülle aus Staub, frage ich dich, wie es anfing. Die knöchernen Äste auf dem Baum, der von unten heraufreicht, und die schwarze Amsel, die in der Kälte ihren Körper aufplustert . . .
Du wolltest etwas anderes als ich, höre ich dich sagen. Die Zweige brechen wie Glas. Ein Mann und eine Frau, aber sie sehen nicht mehr so aus, als ob sie zusammengehörten. Man merkt es an den Schritten, die jedes für sich macht, auch wenn sie nebeneinander gehen. Der Frau taten die Hunde leid, weil sie verhungert an der Kette hingen. Der Mann merkte es nicht sofort. Aber die Frau lief an den Wagen, zerrte ihr Essen heraus und riß es in Stücke und legte es den Hunden an den Holzstoß. Feindselige Gesichter in den Fenstern, die Wespen in dem geschlitzten Weidennest auf den fauligen Feigen – ein Gewimmel wie auf Aas.
Der Mann sieht in die Baumkrone, die hinter dem Holzstoß aus dem Graben heraufwächst; die dunkelgrünen Blätter zittern an den Stielen, die kleinen Früchte leuchten wie Pfauenkopfputz hervor.
Wie heißt dieser Baum hier, ich kenne ihn, ich komme nur nicht auf den Namen . . .

Der Mann sagt etwas; aber es wird immer etwas anderes als in den Worten gesagt. Die Brust der Amsel und aus ihr der süßeste Ton. Aber es gibt kein Leben außer der Armut, und lieber bin ich bei denen, die Erde fressen; er erkennt seine Brüder, die nicht mit erlöst wurden: die Geschwister Adams, die nicht mitreden.
Nicht erlöst, nicht Mitsprache; aber es hält sich fest an der Erde.

Ich erzähle dir jetzt von Volterra, warum wir überhaupt auf dieser Straße gefahren sind, frage ich dich; ich bin der Meinung, wir hätten uns einfach verfahren damals. Aber nein, sagst du, wir sind nach der Landkarte gefahren, und damit hat es angefangen: an dem Bauernhof hätten wir abzweigen müssen, es war sogar ein Schild dort, und die Leute gaben uns Auskunft; aber du wolltest ja so fahren, du sahst überhaupt nur den grauen Strich auf der Karte und sagtest zu mir: es ist der direkte Weg. Und schließlich hast du ja recht behalten.
Nun erinnere ich mich: der graue Strich auf der Karte, und die Straße, die keine war, aber am Himmel Volterra. Ich brauche so lange, bis ich mich auskenne, was war. Volterra, ein Bergrücken, der eine Stadt einlädt, sich auf ihm niederzulassen. Davon wird der Ort deutlich. Er bekommt einen Namen, und seinem Umriß wird etwas hinzugefügt, das dauert. Aber der Ort will sich ganz deutlich machen: mit Mauern und Abmessungen; und damit man es besser unterscheiden kann, darf, was außen liegt, nicht mehr gelten:

das Land wird zum Meer, und die Stadt wird ein Schiff im Meer. Weit draußen auf der Klippe das andere Schiff: Ansedonia – dort sind die Aufbauten weg, nur noch der Grundriß ist eingezeichnet, überblüht von Blumen. Hier in Volterra kann man die Aufbauten noch alle erkennen: vorne die Zitadelle, in der Mitte der hohe Turm. Aber hinten wird etwas leer. Man kann nicht sehen, wo es anfängt, es ist kein Unterschied in den Dächern und Fenstern, die Umrisse der Häuser sind fest, aber man fragt sich plötzlich, aus welchem Stoff diese Körper aus Stein sind, ob er die Figur nicht nur vortäuscht. Es ist Täuschung darin, Einladung, hier könne man leben; und tatsächlich versuchen es welche; es zeigen sich Menschen auch hier, sie fürchten sich nicht. Man sieht sie als Silhouetten, der Körper aus Stein bricht ab, es kommt eine freie Strecke, aber alles ist verführerisch, sie sieht wie ein Aussichtsplatz aus.
Auch wer droben in der Stadt geht, merkt nichts. Er sieht die geschlossenen Tore und die Bretter vor den Fenstern. Aber immer noch sind es Häuser, und daß ein Haus bewohnt wurde, verwischt sich an ihm nicht so schnell. So lange es steht, wohnt auch etwas in ihm. Auf der freien Strecke wird das Gras gemäht, und die Kirche mit dem Rad aus Glas und steinernen Speichen über dem Eingang ist geöffnet. In ihrer Tiefe brennt die rote Ampel. Und in dem letzten Haus, an dem die Risse in der Erde sind, sehen aus jedem Fenster Augen. Hier ist ein Kommen und Gehen, die Mädchen beugen sich aus den Fenstern, sie sind vorbereitet, wir nähern uns und werden erwar-

tet. Aber hinter dem Haus sind es zehn Schritte, und dann ist es der Abgrund, der uns umarmt, und in den die Stadt Volterra versinkt, und von dem die Vögel gegen unsere Brust stoßen, die über seiner Tiefe kreisen.

Wenn ich es dir aufzeichne, ist es ein Schiff, Volterra, hochschwebend, unter dem sich die Erde bewegt, ein Wirbel aus der Tiefe, langsame Drehung, die sich mit Regenflüssen hereinmahlt, unmerklich; es geschieht nicht oft, aber es geschieht schon lange, und es entleert die Stadt. Es zieht von ihrem Ende herein und beginnt irgendwo – als Stille in den Häusern: der gelähmte Körper.
Wir sahen es, aber nur das Einzelne; wir erkannten nicht, daß es die Lähmung war und die Öffnung des Grabes. Dabei waren uns alle Zeichen gegeben worden. Aber erst jetzt, wo ich nichts mehr sehe, und es dir nur erzähle und aufschreibe, weiß ich, was es war.
Unerlöst. Wenn jemand hinabstiege, aus dem Grab wiederkäme, aus der Mühle, wo sie warten.

6 *Auf der Terrasse*

Angekommen auf der Straße, die es nicht gab, an dem nicht mehr wirklichen Zugang. Es mit Schritten einzuholen. Der Polizist hatte es uns mit Namen eröffnet. Die Bilder sahen uns zu, das Rot der Engel; der Ort, wo es nicht mehr wichtig ist.
In Volterra war es zuletzt die Prozession. Sonntag abend, sechs Uhr, der Polizist regelt den Verkehr, der zu dieser Stunde in der Stadt hauptsächlich eine Bewegung von Fußgängern ist, ein Hin- und Hergehen im Innern der Stadt bis zur unsichtbaren Grenze einer Strecke, die als der Corso festgelegt ist. Es ist Wiederholung und Festlegung, es sind immer dieselben Schritte. Die Fremden halten es nicht für wichtig. Aber schon in der Nebengasse ist davon nur ein Echo zu hören, und sie merken: die Gassen kreisen in die Tiefe; man muß sich vorsehen, daß man nicht gefangen wird und im Kreis geht. Auf der Terrasse ist Stille.

Innen in der Gefangenschaft gehen oder außen auf der Mauer – es geht immer nur in Worten dahin. Außen auf der Mauer zwei Mädchen, und etwas, an das ich mich nicht erinnere. Ein Tier vielleicht, unwahrnehmbar, weil es nicht in Worten dahingeht, und auch nicht im Stein ist. Die grünen Augen der Mädchen haben es zur Zwiesprache; du sagst, es war ein Hund; aber nun ist es zu Worten schon abgeführt über dem Pflaster und dem roten Wetzen der Sonne, die sich am Bergrand reibt, ehe sie weich einsinkt. Die Katze schnurrt am Fenster, die Stimmen der Mädchen bleiben zurück, es ist Vergangenheit. Die Dämmerung, grauer Schaum, liegt zwischen den gefurchten Bergen; Schwefelrauch, und weit draußen der rotgoldene Glanzstrich des Meeres, entzündet. Die Stadt, dem Ort zum Hinschauen aufgeprägt, regt ihre Glieder.

Die Bergrücken wie Tiere, der Stadt feindlich, warten auf den Augenblick, in dem sie sich nicht unterscheidet von ihnen. Der Umriß aus Stein ist Täuschung, und der Bergrücken, dem sich Volterra aufgeprägt hat, wird von den andern umlauert; in der Tiefe ist er ein Ort der Wildnis wie sie; und nicht der Stein, aus dem sie alle sind, unterscheidet sie, sondern etwas, das weniger ist als ein Hauch – der Name. Die Katze geht über die Terrasse, sie schmiegt sich an den vom Tag warmen Stein – schon ist er Wildnis.

7 Die Prozession

Die Dämmerung kam rasch, und was an dem Ort sein sollte, wußten wir nicht. Wir hatten das Tor gesehen und waren über die Mauer gegangen – die Namen, für die wir Bilder mitbrachten, lagen hinter uns. Wir hatten übersehen, daß ein Name geblieben war: Abgrund – davon gab es kein Bild.

Leere, wo etwas aufhörte, wo der Boden aufhörte, auf dem wir gingen – daraus ließ sich ein Bild nicht ziehen. Es war ein Teil dabei, den wir uns nicht vorstellen konnten, und der als Name zurückblieb. Wenn die Straße aufhörte, oder die Klippe, auf der Volterra lag, abbrach, setzte sich unten etwas fort, es kam nicht Leere. Dieses Wort Leere ging nicht auf in einem Bild, es konnte den Ort nicht geben.

Aber nun sahen wir Leute, die auf ihn zugingen, und andere, die schon warteten. Sie standen abseits der Straße in kleinen Gruppen auf der Wiese, die hier nach allen Seiten hin ohne Befestigung gegen den Hang zu abbrach, an keiner Stelle von Mauern gehalten; nicht einmal die Kirche mit dem großen Radfenster hatte Mauer oder Stufen, sie stand wie ein Pilz in der einförmigen grünen Fläche. In dem Fenster spiegelte sich der über der Dämmerung noch weiße Himmel; die steinernen Rippen lagen auf dem Glas wie leeres Speichenwerk, hinter dem wieder Himmel kam.

Der Wiesenrand war Nähe, dicht über den Gräsern

schimmerten entfernte Bergketten; und vorne, an dem kleinen Haus, ging die Blendung des Lichtes herab, so daß wir erst unter seinen Fenstern von dem Kommen und Gehen an ihm etwas sahen; und zugleich den Abgrund, wo es aufhörte: die Grasbüschel, die geöffnete Tiefe.

Es war kein Bild, sondern die Leere, heraufgespiegelt im Fließen der Erde, der aufgerissene Stern, Versteinerung, starre Furche; die Mühle: Kegel, Mütze und Gelenke aus Stein; der Schwefelrauch, und weit draußen der Blutstrich des Meeres.

Wir gingen zurück an das Haus, sahen den abgebrökkelten Verputz, die feuchten Flecken in der Mauer, und wieder das scheinbare Leben an ihm; aber dann plötzlich dieses andere Kommen und Gehen:

das Rot der Engel, wie es durch die Wiese heranschwebte und bis an den Abgrund flog und wieder zurückging.

Es kam mit den Leuten, die an der Straße gewartet hatten; es leuchtete von dem Bild, das sie dem Zug ihrer Prozession vorantrugen. Sie gingen hinaus bis an den unbefestigten Rand und hielten das Bild gegen die Tiefe.

Wir begegneten dem Zug zum zweiten Mal, als wir auf dem Weg zur Stadt waren. Diesmal war die Prozession bis an die Häuser gegangen und, wo der Stein anfing, umgekehrt, und ging nun einen Weg wie zuvor: durch die Wiese hinaus bis zu einer andern Stelle über dem Abgrund. Es waren keine weiten Wege, und es dauerte nicht lange, waren sie zurück und gingen wieder hinaus; und nun, bei diesem dritten Mal, sahen wir unter neu Hinzugekommenen plötzlich die fremden Gesichter wieder: Knaben in schwarzen Anzügen und mit gelber Haut und gierig freundlichem Lächeln; sie gingen in der Reihe der Beter und gestikulierten lebhaft in der Fingerzeichensprache der Taubstummen. Vor ihnen gingen mit lautem Gebet die Schulkinder und Nonnen, hinter ihnen kamen alte Leute mit einzeln schreienden Stimmen. Wir sahen nun aus der Nähe, daß es ein armseliger Zug war: die Schulkinder puppenhaft eitel oder unaufmerksam, die Nonnen antreiberisch, die alten Leute mit der Bettelmiene der Armenhäusler nach dem Geistlichen schielend, der Blicke mürrischer Geschäftsmiene auswarf – alles vielleicht nur obenhin Teilnahme, Partei, Verein oder Gewohnheit. Aber die Schritte wurden davon nicht weniger bei dem Hin- und Hergehen der Prozession. Überall, wohin sie kam, auch wenn die Menschen ohne Gedanken gingen, waren doch wenigstens ihre Schritte gewesen; und so lange sie mit so vielen Schritten an einen Ort wiederkommen konnten, gab es ihn. Es war ein Hingehen wie Festhalten.

8 An der Zitadelle

Wir sahen noch etwas davon an dem Abend – es war, als wir Volterra verließen. Wir fuhren von der belebten Seite der Stadt mit dem Schwung der blauen neuen Straßen den Hügel hinab und kamen an der Zitadelle vorüber. Wir hielten an, es war schon dunkel. An den Mauern der Kasematten glühten die winzigen scharfblendenden Lichter aus der Tiefe der unterirdischen Gefängnisse. Am Fuß der Mauern, auf dem schmalen Grasstreifen über dem Abgrund des Festungsgrabens, gingen Frauen hin und her. Sie riefen zu den Lichtern hinauf und warteten auf ein Zeichen. Plötzlich wehte ein weißes Tuch aus einer der Öffnungen, dann streckte sich ein Arm durch ein Gitter. Die Stimmen außen und innen schrien zusammen, aber schon verschwanden die Zeichen; der Augenblick, der ein Erkennen möglich gemacht hätte, war vorüber. Die Stimmen ermatteten. Aber die Frauen blieben auf dem Grasstreifen an der Mauer, sie fingen ihr Hin- und Hergehen wieder an.

Du warst so mitleidig und konntest es nicht sehen; so wie zu Anfang nicht, daß die Hunde an der Kette hingen; und nun erzähle ich dir etwas, das damals nicht geschehen ist, aber das ich, seit ich dir von Volterra erzähle, oft vor mir sehe, wie es geschieht: du läufst zu den Frauen hin und fragst, ob ihnen denn niemand hilft, und ob sie die ganze Nacht hier so gehen, und warum. Da sagt eine: Weil die innen auch so hin- und hergehen in ihrem Loch, und weil wir anders mit ihnen nicht reden können. Aber wenn wir außen dasselbe tun wie sie, und hin- und hergehen, dann merken sie, daß jemand mit ihnen redet. Dann ist es eine Art Verständigung. Der Engel geht durch den Stein.

Wir waren, als wir das hörten, zusammen hingegangen; davon weiß ich, daß Volterra hinter uns lag, so wie es am Nachmittag bei den Hunden, die an der Kette liefen, begonnen hatte – dort dieser Ort schon war, an dem das Rot der Engel vorgehen will und umkehren muß. Sie versuchen es immer wieder und gehen hin und her auf dem unbefestigten Grund und wollen ihn mit ihren Schritten festmachen. Aber er ist schon eingeschränkt, immer bröckelt etwas ab, die Wege werden enger, so daß sie nun bald im Kreis gehen wie die Verdammten, ob es außen auf der Wiese ist oder in den Gassen der Stadt, die um etwas kreisen, das aus der Tiefe steigt: Baptisterium, Zisterne – es hilft ihnen nichts. Aber es ist auch in den hilflosen Schritten eine Mitteilung und Verständigung, heraufgespiegelt aus dem Ort in der Tiefe, Nachricht von denen, die in der Gefangenschaft gehen.

9 *In Ansedonia*

Wiederholung, Befestigung, Schritte: ich wußte es lange schon in Worten, aber nicht, wie es war. Ich brauchte so lange, bis ich mich auskannte. Volterra, ein Erdrücken, das verstand ich allmählich. Aber in welcher Gesellschaft wir in Ansedonia waren, es schläft auf dem Hügel. Es wohnt jemand da, sagst du. Ich kann es nicht sehen. Du mußt es mir zeigen.

Du sagtest: »Ich weiß es von Ansedonia. Wir waren zehn Schritte vom Graben ins Innere gegangen, und ich drehte mich um. Aber ich brauchte die Schritte nicht zu zählen. Der Boden war fest und glatt, es war Erde mit kleinen Ziegelstückchen darin, und dann war es ganz gewöhnliche Erde, aber das Gras kam anders heraus als auf einem Boden im Freien. Ich sah das Innere: es war ein umgrenzter Platz zwischen den Mauern, nur dem Himmel offen; eine ebene Tafel, hochschwebend über dem Meer. In den Schritten war keine Nachricht, aber sie waren immer da und maßen den Abstand, auch die Höhe und Tiefe; es war ein Hin- und Hergehen auf gefestigtem Grund. Er war Stein, Abfall und Erde gemischt, aber nicht wie draußen: was sich an dem Ort geändert hatte, war zwischen den Mauern geschehen. Es war immer noch die Stadt. Und wenn es auch keine Häuser gab, es fehlte nichts. Alles was an ihre Stelle gekommen war, hatte seinen bestimmten Platz; der Ort war deutlicher eine Stadt als mit Häusern. Auch das Ge-

strüpp, und was an Wildnis hereingeflogen war, hatte sich im Augenblick verändert, saß im Abstand fest und war nicht mehr Wildnis. So habe ich es damals gesehen:
die Steine weiß wie Muscheln, sie lassen sich nicht aufheben, sie sind wie mit Wurzeln in der Erde,
in den Steinen festgeklammert die Sträucher, und das Flußbett wird ein Weg. Wenn der Regen etwas wegnimmt und auswäscht hier, es kann doch nur ein Weg entstehen . . .«

Ich hörte es; Worte, Benennung, Schritte; und langsam erinnerte ich mich, wie es dort war.

Wie entsteht Prosa

»To find out what you cannot do
and then go and do it:
There lies the golden rule«
John Donne

Über die Entstehung einer eigenen Arbeit zu sprechen ist schwierig. Eine Hemmung ist, daß man von sich selber redet; eine zweite, daß man sich selber nicht kennt. Gang, Haltung, Gebärden, die eigene Stimme – dieses Unvermögen, sich selbst wahrzunehmen, hat im Geistigen ein Gegenstück: wir halten in uns Dinge für wichtig, die es nicht sind; und halten das Wichtige, das die andern sofort sehen und als unsere eigentliche Kraft oder Schwäche erkennen, oft nicht für der Rede wert. Solche Erfahrungen sollten uns vorsichtig stimmen, wenn wir auf die Frage antworten sollen: wie entsteht eine Arbeit?
Man kann aber, glaube ich, davon sprechen – so, wie man von einer Sache spricht. Ich erinnere mich auch an solche Gespräche; sie waren immer dann fruchtbar, wenn sie nicht zu theoretisch waren, sondern wenn von einer bestimmten – fertigen oder halbfertigen – Arbeit die Rede war, vom konkreten »Machen«, von den Stationen dieser Arbeit, bei der jemand etwas, das er zuvor nur undeutlich im Kopf hat, zuletzt so weit bringt, daß es in Wörtern und Sätzen auf dem Papier steht. Das waren immer ganz nüchterne Gespräche über Einfall und Stoff, über scheinbar gewichtlose Nuancen der Sprache, und Schwierigkeiten der Hervorbringung von Wort zu Wort; und ich wünschte, es würde mir gelingen, auf ähnliche reelle Weise einen solchen Vorgang hier darzulegen – wie jemand, der sagt, zuerst war das, und dann das. Ich bin mir dabei darüber im klaren, daß diese Stationen nur für dieses eine Beispiel gelten; sie lassen sich nicht ohneweiters übertragen. Aber ich

denke, es werden sich an verschiedenen Punkten auch Ausblicke ergeben, die für das Schreiben allgemein wichtig sind.

Die Arbeit, von der ich spreche, ist nicht ein lyrisches Gedicht, sondern lyrische Prosa; ihr Inhalt ist nicht Erzählung oder Beschreibung, sondern Heraufbeschwörung des Gegenstandes durch eine Stimme, die spricht. Ich glaube, daß eine Prosa dieser Art auf einem Weg entsteht, der von dem eines Gedichts nicht weit entfernt ist. Aber ich will davon jetzt nichts weiter durch Erklärung vorwegnehmen, sondern beginnen, wie ich es mir vorgenommen hatte, und sagen, wie diese Arbeit entstand.

An einem Novembertag vor zwei Jahren saß ich gegen Abend in meinem Zimmer in Berlin und dachte, daß ich diese Sache, die ich schreiben wollte, nie würde machen können; und daß es mir früher zwar manchmal ähnlich ergangen sei, ich aber einen Weg doch immer gefunden hätte, diesmal aber sei es endgültig: kein Wort, kein Satz; völlige Unfähigkeit, über die ich mich stets nur hinweggetäuscht hätte; jetzt mußte ich sie mir eingestehen, und ich wollte mir auch nichts mehr vormachen: es gab das eben, daß eine Begabung zu Ende war; und bei mir war es jetzt so; und selbst dies, daß ich hier saß und es dachte, war nur noch eine mechanische Gewohnheit, nichts weiter; Unmöglichkeit zu schreiben, zu erleben, weiterzumachen. Ich sah durchs Fenster. Ich wohnte damals in einem möblierten Zimmer in einer Seitenstraße nicht weit vom Kurfürstendamm; so nahe dem

Zentrum war diese Straße doch still; war mit Bäumen bestanden, war auch im Krieg ziemlich unversehrt geblieben; nur schräg gegenüber fehlten ein paar Häuser; und dieser Ruinenplatz war eingeebnet, von einer schwarzen Brandmauer begrenzt, von einem entfernten niedrigen Dachhorizont, über dem auf dem freien Himmel die Sonne unterging. Sie ging am Himmel schon unter an diesem Novembertag, in einer unsichtbaren Dunstschicht, die sich von der klaren Luft darüber nicht unterschied: eine scheinbar körperlose Flut in der Atmosphäre. Nur an der Sonne, die hinter ihr verschwand, wurde sie wie ein Horizont sichtbar. Ich sah es durch die Glasscheibe und dachte, wie ähnlich es dem Sonnenuntergang über dem Meer war, das auch so hoch anstieg, blaugrau, und dessen Kimme weit draußen mit dem niederen Himmel verschwamm und genau so nur an der untergehenden Sonne hervortrat. Dieses Bild hatte sich mir eingeprägt; ich hatte es erst vor wenigen Wochen gesehen – auf einer Reise in Italien; und es gehörte zu der Sache, die ich schreiben wollte, und an die ich immerzu dachte.

Jetzt erinnerte mich der Sonnenuntergang auf dem Novemberhimmel wieder daran. Aber plötzlich schien es mir, als würde mir noch etwas anderes von damals gezeigt in diesem Bild der Sonne, die noch hoch am Himmel war in der scheinbar leeren Luft, und die ich trotzdem nicht mehr sehen konnte in der ungreifbaren Decke aus Finsternis hier – nur war es damals nicht die Sonne gewesen, die sich mir so entzogen hatte, sondern ich hatte etwas erlebt und mir selber verdeckt durch Verfinsterung in der Seele. Ich erkannte es jetzt erst: ich hatte Worte gehört und sie nicht verstanden; aber es war mehr gewesen als die gesprochenen Worte; ich hatte gespürt, daß es etwas gab, das ich nicht erreichen konnte; und das hatte lange schon angefangen, auf der ganzen Reise; aber an dem Abend mit dem Sonnenuntergang über dem Meer war es mir wie in einer Szene deutlich geworden: ich hatte etwas versäumt und konnte es nicht einholen – und daß ich es schreiben wollte, war nur ein Versuch, es einzuholen; aber ich wußte noch immer nicht, was es war. Ich konnte es auch nicht schreiben. Mir war alles Äußere davon gegenwärtig, und ich stellte mir nun vor, daß ich es auf die Fensterscheibe hier aufmalte: die Küste, das Vorgebirge, die Leuchtfeuer; und hier, wo ich saß, war die Klippe, auf der wir gestanden hatten; und ich stellte mir weiter vor, die Frau säße neben mir, und ich zeigte ihr dieses Bild, riefe es ihr in Worten zurück, und sie hörte mir zu, und ich würde sie fragen ...

Aber es konnte nicht gelingen. Was wirklich war, zeigte mir das Bild draußen: die Sonne hoch am Himmel und nicht mehr zu sehen – es zeigte mir meinen Stand an: den Punkt des Nichts, die Unmöglichkeit, weiterzumachen; Aufhören, Ende, Erstarrung.

Dann begann ich zu schreiben. Wenigstens diesen Punkt wollte ich festhalten. So fing ich an:

»Die Sonne ist noch am Himmel, aber man sieht sie nicht mehr, sie geht am Himmel schon unter in der Zone aus Staub, die sich über der winterlichen Erdhälfte nicht mehr löst; – gestern noch über dem Meer:

auf seinem Horizont, der als Berg aufstieg, setzte die Sonne einen weichen Fuß auf und sank langsam ein; und das grüne Leuchtfeuer auf dem Vorgebirge war zu erkennen, und das rote Leuchtfeuer vor dem Hafen, das wegweisende und das hemmende Feuer, sie blitzten schon lange herüber; und jetzt male ich es dir auf die Scheibe: grün, rot, und dazwischen die Stadt, über die du gegangen bist, eine ebene Tafel: Ansedonia auf dem Hügel von Cosa; Mauerwerk, Pflaster, Rinnsal, die hochgehobene Stadt, verlassen, ausgegraben, der Stein an den Tag gelegt, von wem bewohnt –«

Diesen ersten Satz hatte ich, aber nun mußte ich noch einmal anfangen. Denn mit der Frage »von wem bewohnt« war ich schon bei dem Punkt von damals, an dem ich nicht weiter wußte. Jetzt im Nachhinein sieht es aus wie eine Wiederholung und Folge aus künstlerischer Absicht: zuerst der Umriß des Ortes, dann das genauere Bild, dann die Szene. Aber in Wirklichkeit war es einfach dieses Nichtweiterkönnen und deshalb nochmals Beginnen – und diesen Antrieb in der Sache möchte ich hier festhalten; er kommt immer vor bei der Entstehung einer Arbeit, ob er als Hemmung auftritt oder in anderen Gestalten – es ist eine Art Nötigung, aber auch etwas Unbeirrbares, mit dem die Sache über den bloßen Einfall hinauswill, als wäre eine Uhr in Gang gesetzt worden. Die Wörter, die geschrieben sind, lassen sich schwer zurücknehmen. Später sind es Stellen, die nach bewußter Kunstüberlegung aussehen, während sie doch von diesem andern Antrieb stammen.

Was er in einer Arbeit bewirkt, war mir lange nicht klar. Ich wußte es noch nicht, als ich meine Frage »von wem bewohnt« hinschrieb. Ich empfand nur die Hemmung; sah, daß die Wörter aus der Fläche und Nähe der Bilder heraussprangen und einen Ton hatten, der es mir schwer machte, bei dem alten, in dem ich begonnen hatte, zu bleiben; und hätte sie am liebsten wieder gestrichen – und sah erst später, daß ich mit dieser kleinen Frage »von wem bewohnt« hier am Schluß des ersten Satzes schon das Beste für meine Arbeit gefunden hatte: eine Unterbrechung und Schwierigkeit, die mich zwang, immer weiterzugehen – vom Eindruck und der bloßen Nachzeichnung in ein vom Erlebnis losgerissenes, unabhängiges Schreiben. Dieser Weg einer Lösung der Dinge von Voraussetzungen außerhalb des Geschriebenen zu einer in ihm unabhängigen Existenz scheint mir der eigentliche Weg zu sein, der in jeder Arbeit zurückgelegt werden muß; und so sehe ich nun auch in dieser kleinen Wendung am Anfang »von wem bewohnt« und in dem Antrieb, der von ihr ausgeht, eine wichtige Kraft für das Ganze: nicht nur einen Anstoß, der die Sache über den bloßen Einfall hinausbringt, sondern einen »zweiten Beginn«, der ihr zu ihrer wahren Dimension erst verhilft und sie auch schon bis zu ihrem Ende bestimmt. Er ist Überschreitung und Vorwegnahme, und eben deshalb als Hemmung zu spüren; ein Punkt der Herausforderung, durch den der Autor über die Vorstellung, die er von seiner Arbeit hat, hinauskommen kann.

Und ich möchte auch dies festhalten: es wird fast

immer, ähnlich wie hier, gleich zu Beginn entschieden – durch eine unscheinbare Stelle, durch ein plötzlich sich ablösendes, wegschwebendes kleines Wort, das den Stoff in seiner dann größeren Ausdehnung schon enthält. Es ist eine Art Ungeduld dabei, alles in den Augenblick zu pressen; diese Ungeduld erzeugt Gedichte.

So viel über diesen Punkt am Anfang; und nun zunächst noch ein paar Sätze, gekürzt aus dem Text, wie es dann weitergeht:

»Ansedonia. Ich ging in die Höhe zwischen Geröll und Gestrüpp, ein Dornenstrauch versperrte mir den Einstieg in die kyklopische Mauer. An ihrem Fuß fauliger Müll, der Meerhorizont aus Kreide, eine Rauchfahne, ein Inselrücken wie ein Schlammhaufen, die Rauchfahne rückt vor, und nun erinnere ich mich, so weit draußen gehen die Schiffe vorüber.

Der Ort mit Dornen verrammelt, nur eine schmale Pforte offen gelassen. Ein Stall aus Zement, an die Mauer geklebt. In seinem Schatten ein Fahrrad, eine Weinflasche, eine Vogelflinte; und hier schläft ein Mann, den Kopf in den Ellbogen gedrückt, den Hut im Gesicht.«

Und nun, als letzten Absatz, das Bild zusammen mit dem Anfang der Szene:

»Ich sah das Innere der Stadt. Eine ebene Tafel, von den Mauern eingeschlossen, aber wo früher Stadt gewesen war, wuchsen Ölbäume, Sträucher, Gräser und Blumen. Ich sah es vor mir: weiße Steine, wehendes Gras, Laub und kleine Wolken schwirrender Vögel. Die Stadt blühte und summte in der Klammer der Mauern.

Aber es wohnt jemand da, sagtest du. Es war Abend, wir gingen zusammen hinauf. Nun waren es Ölbäume, Wiese und gesellige Sträucher. Der Hain bewohnt von Sträuchern, der Baum von geflügelten Früchten voll wie von hölzernen Stimmblättchen. Das harte Laub, das schnattert. Der blaue Himmel, das Meer tief, fern. Aber hier, ein Sausen, ein Sprechen in den Lüften.
Ich sagte, es sind die Sträucher, es ist das harte Laub, die Zikaden und das Laub sprechen, der Stein rieselt und spricht.
Aber es wohnt jemand da, sagtest du wieder. Du sahst es, du wolltest es mir auch zeigen. Ich hörte etwas. Aber ich konnte es nicht sehen. Vielleicht kannst du es mir jetzt zeigen.«

So weit war ich mit meinem Text an dem Abend gekommen. Wenn ich mich frage, was mir dazu verholfen hat, muß ich antworten: der Zusammenhang der erinnerten Bilder; – der Sonnenuntergang an dem grauen Novembertag gab mir das Bild von früher, und mit ihm hatte ich einen Anfang. Das wäre eine Antwort, aber sie genügt nicht ganz. Ich weiß heute, wenn ich an andere Tage zurückdenke, daß dieser Sonnenuntergang damals im November nichts Besonderes war, kein Anlaß zu schreiben; und daß er mir nur aufgefallen war, weil er mich an diese Sache erinnerte, die ich schreiben wollte, und an die ich unablässig dachte, und für die ich, um sie beginnen zu können, unablässig nach etwas suchte, bei dem ich einhaken könnte. Und wäre es nicht der Sonnenuntergang gewesen, ich hätte etwas anderes gefunden, das Unscheinbarste und Allergewöhnlichste, etwas Beliebiges, scheint mir, das Scharren der Kohlenschaufel unterm Fenster, oder das Grün und Rot der Verkehrsampel; und vielleicht kann man hier wieder einen allgemeinen Zusammenhang festhalten und sagen, daß dieser Punkt der Anknüpfung, aus dem ein Gedicht entstehen kann, etwas von uns ist, das durch unser Suchen und Spüren überallhin in die Dinge erst hinübergeht, und dann von uns dort entdeckt wird; und daß jedes Ding dafür gut ist, jeder Augenblick, und nicht das Besondere und Schöne.

Aber nun kommt noch etwas hinzu. Der graue und alltägliche Novemberabend damals mit der Sonne über der Brandmauer gab mir ja nicht nur ein Bild, sondern eine Situation, in der ich eine bestimmte Rolle annehmen konnte – ich habe sie geschildert: vor der untergehenden Sonne, der Glasscheibe, und mit der Vorstellung, daß ich die Landschaft auf sie male – es war die Rolle eines Mannes, der Gelegenheit bekommt, etwas von der Sache, an die er denkt, sichtbar zu machen, sie in eine Szene umzusetzen, ihr Äußeres anschaulich vorzuführen, das ist der Ansatzpunkt; nun kann er auch versuchen, ihr Inneres, das ihm undeutlich ist, in Worten heraufzurufen: er beginnt zu sprechen, es sind eigene Worte und andere von früher, die er gehört hat; er wendet sich dabei an die Partnerin, es ist ein Versuch, sich zu erinnern; Sprechen, Fragen, das ist die Rolle, die es ihm möglich macht, zu beginnen.

Diese Unterscheidung ist wichtig: daß es eine Rolle ist; weil sie in der Trennung vom Persönlichen, und in der Möglichkeit, sich nicht bloß mit sich selbst zu identifizieren, etwas anzeigt, das jedesmal mitwirkt, wenn eine Arbeit entsteht.
In der angeführten Stelle ist die Rolle etwas im Text Konkretes. Man kann sich die Szene, die Figur im abendlichen Fenster, zu dem Wortlaut anschaulich vorstellen. Ich glaube aber, daß auch dort, wo eine Rolle im Text so konkret nicht erscheint, etwas Ähnliches: eine Art »angenommener Rolle«, für den Autor als erster innerer Schritt am Anfang notwendig ist. Er braucht einen Punkt, der es ihm erlaubt, sich der Sache, die er schreiben will, gegenüberzusetzen, so daß sie außerhalb ist – nicht mehr etwas, das ihn umfließt, sondern etwas, auf das er hinsehen kann, wenn er sich dann auch gleichwohl noch selber darin erblickt. Das ist meine Erfahrung, wenn ich an den Anfang dieser Arbeit zurückdenke: ich war noch mit drin in dem Komplex, blieb es weiter, bohrte mich hinein; aber war doch, als ich zu schreiben begann, auch getrennt von ihm. So weit ich mit drin war, hatte ich unmittelbar teil an dem Vorgang, war mir in ihm selber unkenntlich, ließ mich ganz auf ihn ein – aber wo ich schrieb, war ich außerhalb, in einer deutlichen Rolle.
Hier ist noch einmal eine Unterscheidung wichtig. Dieses zweierlei Befinden des Autors im Verhältnis zu seinem Stoff ist nicht ganz ein nur zweierlei und sonst gleichberechtigtes Nebeneinander. Das Getrenntsein in einer Rolle scheint mir als Bedingung

zum Schreiben selbst zu gehören. Das andere Befinden des Autors, bei dem er sich innerhalb des Gegenstandes bewegt, sich ihn zu eigen macht, hat nicht unbedingt Schreiben zur Folge. Auch der Betrachter lebt sich ja – wie man sagt – in die Dinge ein. Der Autor tut es vermutlich nicht weniger; aber entscheidend dafür, daß eine Arbeit entsteht, ist der Punkt, an dem er sich nicht mehr einlebt, sondern an dem es ihm plötzlich keine Ruhe mehr läßt, als ob er eine Beute festhalten und wegtragen müßte; und nun schreibt er. Sein Mitdrinsein im Gegenstand wird erst später, beim Fortgang der Arbeit, wieder wichtig. Es wirkt indirekter, aus einem weitreichenden und unübersichtlichen Zusammenhang. Und hier nun allerdings scheint es einen andern Punkt zu geben, an dem es von diesem schwer erfaßbaren Mitdrinsein abhängt, ob am Ende etwas entstanden ist, von dem wir spüren, daß es gedichtet ist. Von dem Vorgang läßt sich wenig erklären; aber man ahnt, daß dazu die ganze Person in der Sache gewesen sein muß.
So wäre der Autor jemand, der an zwei Orten zugleich sein kann und dank dieser Fähigkeit seine Gegenstände ergreift. Er muß sie innen und außen haben. Das gilt auch dort, wo sein Stoff mit seinen Erlebnissen nichts zu tun hat. Er muß sich ihm doch ganz überlassen, sich in ihn hineinwagen, sich mit allem identifizieren, als wäre er es selbst. Zugleich aber muß er außerhalb bleiben, in einer durch nichts unterbrochenen Aufmerksamkeit nur mit Schreiben beschäftigt; und, wenn man es genau nimmt, in einem Zustand, in dem er am Gegenstand schon unbeteiligt

ist; und beteiligt nur an den Wörtern und Sätzen, die er schreibt.

Vielleicht erscheinen diese Unterscheidungen übertrieben. Ich möchte auch sagen, daß mit ihnen etwas Unpathetisches bezeichnet werden soll, unter Umständen leichte Verwandlungsfähigkeit, Disposition für Anpassung, raschen Wechsel. Aber man muß die Gegensätze scharf sehen. Ihre wirkliche, an Unvereinbarkeit grenzende Spannung ist ein Merkmal des Vorganges, bei dem Dichtung entsteht. Der Lebensstoff soll umgesetzt werden in eine andere Sphäre von Gestalten und Wörtern, die nie genügen, sich zu weit schon entfernt haben, und sich doch behaupten wollen; der Autor spürt diese Spannung des Ungenügenden, Trennung, Unterbrechung, und muß sie ohne Nachlassen aushalten. Das hat Folgen für seine Arbeitsweise und auch für sein Verhältnis zur Welt, von denen noch die Rede sein soll.

Einstweilen nur die Andeutung, daß die Hingabe an den Gegenstand und die vollkommene Trennung von ihm eine der Voraussetzungen künstlerischer Hervorbringung ist, die von Nichtkünstlern, auch von Kunstbetrachtern, kaum je ganz verstanden wird; durch die sich aber, so scheint mir, die künstlerische Arbeit von jeder anderen unterscheidet; und weiter auch das Werk des Künstlers von dem des Dilettanten, der die Spannung herabmindert; er kennt zwar die Hingabe an den Gegenstand, aber nicht den von ihm getrennten Platz.

Aber ich bin, anders als ich es mir anfangs vorgenommen hatte, in die Nähe allgemeiner Sätze gelangt;

und von der einfachen Rechenschaft abgekommen, die ich geben wollte; von diesem: zuerst war das, und dann das. Versuche ich es, die einzelnen Schritte, die ich mich habe tun sehen, noch einmal aufzuzählen, so komme ich zu einem Nacheinander, das vielleicht einiges aufhellen kann.

Da ist zunächst diese erste Erfahrung, daß ein Gedicht entsteht aus der Undenkbarkeit, daß es entstehen könnte. Aus ihr ergibt sich, so habe ich es geschildert, die Unmöglichkeit, noch etwas zu machen. Dann kommt, weil ich ja, wie man sagt, »weitermache« und nicht aufhöre zu atmen und dazusein, als zweiter Schritt die Notwendigkeit, sich mit dieser Unmöglichkeit zu identifizieren, sie anzuerkennen. Etwa so: Es ist undenkbar, dieses Gedicht zu machen, sage ich: und da es ja *ich* bin, der es machen wollte, ist das nun meine Stellung in der Sache. In diesem Augenblick tue ich einen dritten Schritt: ich nehme meinem Vorhaben gegenüber eine Rolle an; die eines Mannes, dem der Gegenstand, um den er sich bemüht, unzugänglich ist; oder konkret: die des Schreibers, dem es unmöglich ist, seine Sache zu schreiben. Damit aber stelle ich von mir selbst, und auch von der Sache, schon etwas dar.

Ich habe vorhin diese »Übernahme einer Rolle« als wichtige Wendung charakterisiert. Ich kann jetzt versuchen, genauer zu sagen, was dabei geschieht: An mir erblicke ich das Unvermögen, meinen Gegenstand zu erfassen; an der Sache eben dieses Unmögliche, Unzugängliche, das sie für mich jetzt darstellt, so daß ich nun wenigstens so viel von ihr festhalten kann. Das heißt aber, daß es nun schon nicht mehr ganz unmöglich ist, etwas von ihr darzustellen. Unversehens habe ich einen vierten Schritt getan: ich habe meinen Gegenstand aus der Nähe des Erlebten, in der ich mich mit ihm bewegt habe und ihn zu durchdringen suchte, entlassen in eine Entfernung, in der alles an ihm unerreichbar geworden ist – auch das von mir Erlebte, so daß ich es nun nicht mehr als erlebt, sondern als von mir nur dargestellt empfinde.

Ich möchte diesen Punkt möglichst deutlich zeigen. Der Lebensstoff, von dem die Rede ist, gehört mir noch immer an, denn ich habe ja meine Existenz nicht gewechselt; zugleich aber wird er dort drüben zu einem nur dargestellten Leben. Im Einzelnen bedeutet das: Alle meine Erfahrungen, Begegnungen, Urteile, Grundsätze und anderen Stücke meines persönlichen Lebens werden in der Rolle des Schreibers, die ich angenommen habe, nun zu Stücken eines solchen dargestellten Lebens. Aber das ist kein willkürlicher oder vorsätzlicher Akt aus meinem Belieben. Diese Rolle habe ich angenommen aus der Situation der Unmöglichkeit zu schreiben; und weiter der Unmöglichkeit, mit der Masse des Lebensstoffes, wenn er nicht geschrieben wird, etwas anzufangen, so daß sie notwendigerweise abrückt. Dieser Zwang zur Umsetzung des für gewöhnlich als »wirklich« bezeichneten Lebens in ein dargestelltes Leben ist, meines Erachtens, der entscheidende Schritt, der zur Entstehung eines Kunstwerks führt.

Er hat, ich deutete es schon an, weitreichende Folgen.

Ich kann sie jetzt genauer sehen als vorhin. Die erste ist:

In diesem »dargestellten Leben«, in das der Schreiber alle ihm zugehörigen Lebensfiguren, einschließlich seiner eigenen, umzusetzen gezwungen ist, gibt es nur »angenommene Rollen«. Das Leben selbst erscheint als »Annahme«. Für den Künstler ist das keine bloße Redensart; es bezeichnet genau den Abstand, in dem er getrennt von sich selbst lebt. Das erklärt seinen Abstand auch vom konventionellen Leben; es macht ihn aber, auf tiefere Weise noch, auch allen Ordnungen fremd, die auf positive Werte gegründet sind: den bürgerlichen und sozialen Ordnungen, den Verwirklichungen von Staat und Religion. Die in diesen Bereichen ernst genommenen Rollen sind für ihn »angenommene Rollen«; die Ordnungen, denen man sich dort unterwirft, müssen ihm als Übereinkünfte erscheinen, die man trifft, um eine sonst undurchschaubare Wirklichkeit praktikabel zu machen. Der Mensch wird nicht als Sohn oder Tochter geboren; er nimmt diese und andere Übereinkünfte an, wird zu ihnen erzogen und setzt ihre Bedingungen als absolut; aber es sind Übereinkünfte – diese Wahrheit gilt für den Künstler ganz allgemein; die »Ambivalenz der Werte« ist seine Bedingung, sonst könnte er nichts darstellen. Die sichtbare und eingeteilte Welt als bloße Annahme – das ist ein sehr ferner Punkt; der Künstler aber wird, auch wenn es ihm nicht bewußt wird, bei jeder wichtigen Arbeit an irgendeiner Stelle eine ähnliche Position passieren müssen.

Es versteht sich, daß er über diese Dinge nicht spekuliert. Er ist nicht mit dem Grundsätzlichen solcher Fragen beschäftigt, aber sie bestimmen ihn konkret im Detail seiner Arbeit. Eine Folge ist die eigentümliche »Kälte«, mit der er seinem »Material«, wie es bei Gottfried Benn heißt, begegnet. Auch sie entspricht hier wieder genau dem Abstand, den er einhalten muß, um seinen Stoff aus dargestelltem Leben auch wirklich zu treffen. Aber vergessen wir nicht, daß er sich ihm – wie wir vorhin sagten – zugleich ganz überläßt. Für den Künstler ist in dieser Spannung zweier dauernd wechselnder Phasen der ungedeckte Widerspruch zwischen dem Bild der Welt und ihrem Gegenbild in der Kunst; aber Hingabe, Verwandlung und kontrollierte Wiedergabe sind in seiner Natur ein einziger Akt; und auch bei völliger Auslöschung seiner Person wird er sich ununterbrochen aufgefordert fühlen, die Ergebnisse festzuhalten, um sie deutlicher aufzuschreiben, in Wörtern und Sätzen, die genauer sind als die zuvor gebrauchten, die er nun durchstreicht.

Es ist bezeichnend, daß viele Schriftsteller sagen, sie könnten Fortschritte in einer Arbeit nur erzielen, wenn sie für Einfälle oder plötzlich klare Einsichten Stift und Papier zur Hand hätten; sie müssen es sofort aufschreiben – sie machen etwas durch Schreiben, nicht durch Denken. Es ist Kälte dabei, Abstand; aber sie sind nicht eine Art Haltung, die sich der Schriftsteller zulegt, sondern die einfache Bedingung, die er für dieses Auswählen, Prüfen, klarer-Sagen, besser-Hinschreiben braucht. Ein Vorrat von Gedächtnis, Assoziationen, Bedeutungen und Erfahrungen kommt dabei in Bewegung. Und er gilt oft nur einer unbedeutenden Wendung.

Ich würde gern ein paar Beispiele geben, in denen etwas in dieser Richtung versucht ist. Aber ich frage mich, ob es nicht ein nachträgliches Sichtbarmachen wäre, ein künstliches Herauspräparieren. Wenn ich etwa zu der vorhin zitierten Stelle »Die Sonne setzte einen weichen Fuß auf« das optische Bild, die physikalischen Bedingungen vorstelle, die es bewirken, daß die Sonnenscheibe, ähnlich dem sich ablösenden Wassertropfen, bei der Berührung mit dem Horizont zu einem Wulst verzerrt wird, so müßte ich hinzufügen, daß ich auf dieses Bild nicht wegen Strebens nach optischer und physikalischer Richtigkeit kam, sondern es suchte, weil der Satz vorher geheißen hatte »auf seinem Horizont, der als Berg aufstieg«, und weil mir hier das Wort »setzte«, wenn es unmittelbar folgte, besser zu passen schien als »berührte« oder »ging unter« – »setzte« war hinter »Aufstieg« ein Akzent abschließender Bewegung. Aber das ergab sich aus der Sprache, nicht aus der Anschauung. Mit der Anschauung mußte ich dann nachkommen. Und nun allerdings dachte ich sofort an den Wassertropfen, und dann auch an die physikalischen Bedingungen; aber ich dachte auch an den Säulenfuß, dabei aber an einen bestimmten gelbkörnigen, porösen, warmen, gelben, runden Stein; und dann erst an das Bild, das in den Worten ist »die Sonne setzte einen weichen Fuß auf«.
Es ist eine Art Übertragung durch Schichten von

Ähnlichkeiten, ein indirekter Weg. Ein anderes Beispiel: »der Baum von geflügelten Früchten voll wie von hölzernen Stimmblättchen« – auch hier die Auflage des Ähnlichen, der Versuch einer Umsetzung des Anschaulichen in einen fremden Stoff. An einer dritten Stelle ist das Ähnliche bis zum Gleichsein vorangetrieben: »Ein Stall aus Zement, an die Mauer geklebt«. Es scheint hier die Sache selber zu sein. Aber auch dieses Treffen ist das Ergebnis einer langsamen Annäherung; und das gilt selbst dort, wo es wie Aufzählung ist, wenn es dann weiter heißt: »In seinem Schatten ein Fahrrad, eine Weinflasche, eine Vogelflinte; und hier schläft ein Mann, den Kopf in den Ellbogen gedrückt, den Hut im Gesicht.«

An bestimmten Stellen kommt es darauf an, ob ein Wort, das an sich richtig ist, dastehen darf oder nicht.

»In seinem Schatten liegt ein Fahrrad« oder »lehnt eine Vogelflinte« – das wäre anschaulich. Aber »liegt« und »lehnt« sind hier nur optische, impressionistische Zeitwörter; sie würden dem wirklichen Zeitwort »schläft« – bei dem Zeit nämlich vergeht – die Kraft wegnehmen.

Ebenso wäre »ist ein Fahrrad« nur eine Art rechtlicher Feststellung; die Syntax hat immer etwas mit Rechtsprechung zu tun; und erst durch ihre Vernachlässigung entsteht eine brauchbare Fassung, in der »schläft« seinen Platz bekommt: »in seinem Schatten ein Fahrrad, und hier schläft ein Mann« usw.

Der scheinbare Reichtum an Anschaulichkeit wäre in dieser Stelle weniger genau als die bloße Aufzählung. Aber es kommt auch nicht immer auf Genauigkeit an. Der Satz »Die Zone aus Staub, die sich über der winterlichen Erdhälfte nicht mehr löst« ist weder anschaulich noch stimmt er in der Sache; ich ersetzte ihn durch einen anderen mit »Hülle«, »Dunst« und »unsichtbar«, gegen den sich nichts einwenden ließ; dann stellte ich den alten, ungenauen »falschen« Satz wieder her – er stimmte in der Sprache.

Aus Beispielen solcher Art läßt sich manches ableiten, aber sie zeigen – auch wenn sie scheinbar getreu wiedergeben, wie alles zustandekommt – am Ende doch nicht den wirklichen Vorgang. Was wir erkennen, sind beiläufige Merkpunkte: eine Folge in den Bildern, und eine Folge in der Sprache. Die hier vorgebrachten Beispiele haben vielleicht vor allem spüren lassen, wie sehr eine Arbeit als Sprache entsteht. Ihr Nacheinander aus Gegensätzen, Anklängen, aus Abwandlungen der Formen, Laute und Bedeutungen schiebt den Text in einer unablässigen, dem Autor in den einzelnen Wendungen kaum bewußten Bewegung voran. Aber vielleicht ist der andere, ihm auch unbewußte Zug der Bilder mächtiger und zwingender, als er es ahnt. Für den Autor sind, wenn er schreibt, die Vorgänge ungetrennt: eine Veränderung in der Sprache bedeutet, daß auch in den Bildern etwas verändert wird.

Ich möchte hier aber unterscheiden zwischen ursprünglichen Bildern und dem Anschaulichen der Gegenstände, die später kommen; und möchte sagen: Dichtung entsteht vor allem als Sprache; aber in ihrem Medium wird etwas von früheren, ursprüng-

lichen Bildern her schon Vorgegebenes sichtbar gemacht durch die jeweils herangezogenen konkreten Eindrücke, die es ausfüllen und einlösen. Es gibt eine Art Vorgefühl, mit dem der Schreiber auf seinen Gegenstand zugeht, ehe er ihn kennt. Er sieht dann etwas, erlebt etwas; aber das ist nur der Anlaß, das schon Vorhandene zu konkretisieren.
Mir scheint das eine letzte wichtige Bedingung zu sein, die für jede Sache, die geschrieben wird, bedeutungsvoll ist. Ich möchte wieder versuchen, sie an dem Beispiel meiner Arbeit zu zeigen.

Wenn ich an den Anfang erinnern darf – so habe ich den Eindruck eines Novemberabends, von dem es zurückgeht auf einen anderen, schon vergangenen Eindruck; an ihm werden einzelne Züge entwickelt; zuletzt tritt das Bild einer Stadt hervor: Ansedonia; und es wird gefragt: von wem bewohnt. Und nun kommt – im Text gleich als zweites Bild hinter diesem Anfang – noch eine andere Stadt hinzu: Volterra; sie ist bewohnt, aber von ihr heißt es: »Der Unterschied ist nicht groß«.
Ich führe, damit ich den Zusammenhang gebe, diese Stelle hier an:
»Volterra. Sonntagnachmittag und Herbst. Erde und Himmel trocken, das Laub gelichtet, von Dürre geschrumpft, auch die Äcker abgeräumt, die Früchte geerntet. Vor dem Bauernhof liegen die Maiskolben auf den Steinen; ein Nest fauliger Feigen in dem geschlitzten Weidenkorb zieht die Wespen an. Gefaserte Rindenhaut der Zypresse über dem Grab-

hügel, dann kommt der Ginster und die Asche aus zwei Jahrtausenden, eingeäscherte Zeit, Mondbahn, die schräg ziehenden schwefligen Rauchfahnen aus Erdspalten, und weit draußen der rotgoldene Glanzstrich des Meers. Davor die Stadt Volterra auf der Erdkralle, die dunkle Halskrause ihrer Festung, die ein Zuchthaus ist; eisern geschmiedeter Reif, gelbe Erde, blaue Straßen, ungetauft, Vorhölle, Limbo; der Ort, zu dem Christus hinabstieg. Deutlich sind in dem Land nur die Gräber: schwerer Grabdeckel mit dem weißen Engel, vor dem die rote Magdalena erschrickt – ihr Gewand in der Farbe der Liebe, dasselbe Rot wie auf den Flügeln der Engel, die als gefiederte Geschosse das Sterbelager Mariae umschwirren. Volterra – eine Stadt, die lebt: mit Häusern, Sonntagsruhe, aufgehängter Wäsche zwischen den etruskischen Mauern. Das etruskische Tor, breit genug für das Postauto, das in Richtung auf das Meer zu fährt. Dort weit draußen die andere Stadt, unbewohnte Klippe, Weideplatz zwischen den Mauern. Der Unterschied ist nicht groß.«

Dieses Bild von Volterra hatte ich noch an dem Novemberabend, von dem ich erzählt habe, geschrieben. Es ist ähnlich; und ich glaube, das Ähnliche ist zu spüren; es sieht auch hier so aus, als wäre das Geschriebene entstanden als Antwort auf die Erinnerung an den unmittelbaren Eindruck. Aber nun möchte ich mich auf meine Andeutung über »Bilder von früher« beziehen und sagen: es waren hier, bei Volterra, nicht nur die Eindrücke von damals; es war etwas vorher schon da.

Ich müßte, um es darzulegen, nun wieder wie zu Anfang alles nacheinander vorbringen. Aber das wäre ein zu weiter Umweg: zu Dingen aus meiner Kindheit, zu kleinen Zetteln, die mir mein Vater hinterlassen hatte – Aufzeichnungen für eine Arbeit über Zusammenhänge zwischen den altitalischen Dialekten und der ladinischen Sprache, die mein Vater noch verstanden hatte – auf Zusammenhänge solcher Art: von Vergangenheit und Herkunft, müßte ich zurückgehen; und auf ein Spüren von Zugehörigkeit, Annäherung an das Bild einer Landschaft, an dem sich mir dann dies alles verdichtete und mir mit Namen leuchtete. Es war dann vor allem dieser eine Name: Volterra, der mir immer deutlicher auf sich zog, was mich hier festhielt.
Wie das im einzelnen war, braucht hier nicht gesagt zu werden. Aber ich möchte doch anführen, daß es eher banale Erwähnungen und Erzählungen waren, aus denen mir etwas zuflog, und nicht etwa Kenntnisse, die ich mir mit Vorsatz erworben hätte. Gelesen hatte ich über Volterra nichts. Ich hörte den Namen zum ersten Mal von einer alten Dame, als sie mir von ihrer Jugend erzählte, und von einer Reise nach Italien, die um viele Jahre zurücklag. Sie hatte ein Leben aus Konvention hinter sich und kam nun in ihrem Alter manchmal auf diese Dinge zurück, holte sie immer wieder hervor; so erzählte sie mir auch die Geschichte ihres Besuchs in Volterra in einem anderen Winter ein zweites Mal mit unveränderter Verteilung der Akzente und demselben Nachdruck, als wäre es für sie neu. Aber es waren nach so langer

Zeit starre, leblose Bilder. Ein andermal sprach mir ein Mann, der von seinen Reisen nur das überall schon Bekannte behielt, von Volterra in schematischen Redensarten. Beide Gespräche und Szenen sind mir deutlich, als wären sie gestern gewesen; dabei enthalten sie nichts, an das ich mich erinnern würde, wenn nicht Volterra in ihnen vorkäme. Nur die Zugehörigkeit zu dem nie gesehenen Bild hat sie in mir befestigt.

Hier zeigt sich, wie wenig eine Arbeit durch Gelegenheiten ihrer Entstehung bestimmt wird; und wie schwer sich die Richtung erkennen läßt, aus der wir uns einem Gegenstand nähern. Seine nie gesehene Gegenwart ist gewiß das erste in uns; aber sie nährt sich aus diesem Stoff des Belanglosen, Zerstreuten und Zufälligen, das dann plötzlich wichtig wird, Zusammenhang hat und uns wie etwas Vorherbestimmtes begleitet. So habe ich für meine Arbeit als erste Spur nichts als diese Ablagerungen um einen Namen. Er war wie ein magnetischer Kern. Und dann war etwas da – aber nun könnte ich sagen, ich hatte es schon immer gekannt. Ich hatte lange schon eine Vorstellung von Volterra, es war für mich kein beliebiger Ort, ich hatte ein vorgefaßtes Bild, von dem ich glaubte, daß es mich etwas anging; und als ich nun da war, belebte sich mir alles aus dieser Kraft der Erwartung.

Ich habe diese Stelle zitiert, aus der davon vielleicht etwas zu spüren war; und in der dann zuletzt der Hinweis auf die andere und unbewohnte Stadt kommt, als die ich Ansedonia geschildert habe; und der Satz: »Der Unterschied ist nicht groß.«

Wenn ich mich nun genau erinnere, so war dieser Satz der eigentliche, mir in Worten deutliche Anfang meiner Arbeit, lange vor allem Schreiben. Er fiel mir damals ein, an dem Tag in Volterra; ich sprach ihn mir aus, dachte einen Augenblick auch schon an das Schreiben – es war der Augenblick, in dem das Mitgebrachte, in der Vorstellung Vorweggenommene, mit der Anschauung zusammentraf und in Bewegung kam. Ich sah plötzlich, was eine Stadt war als ein vom Menschen behaupteter Ort, umgeben von Wildnis, die ihn immer bedrohte. Ich sah in diesem Bild der Stadt die Figur, in der sich der Mensch die Erde zur Heimat machte. Ich sah dann den Unterschied in Ansedonia, und daß ein solcher Ort eine Stadt auch blieb, wenn niemand mehr in ihm wohnte. Aber es war an beiden Orten für mich ein äußeres Bild. Nur in Ansedonia spürte ich etwas von einer inneren Figur, undeutlich; aber ich ließ mich auf dieses Unsichtbare, das zu mir sprechen wollte, nicht ein, sondern legte mir dafür Worte zurecht, die es wieder nach außen wendeten, so wie sie in der Szene zu Beginn festgehalten sind: auf den Satz »es wohnt jemand da« kommt die Antwort »es sind die Sträucher, das harte Laub, das spricht; der Baum von geflügelten Früchten voll, die gegeneinander schlagen und sprechen«.

Das war nicht nur ein Rückzug auf die Oberfläche der Dinge, eine Reduzierung möglicher Erfahrung auf eine zwar subtile, aber pedantische sinnliche Empfindung, die nur die äußere Erscheinung wahrnimmt und gelten läßt. Es ging viel weiter, war als

Rückzug und Verweigerung eine Figur in mir selber; und das wurde mir, als ich es erlebte, auch wie eine Ahnung bewußt. Aber erst viel später, an dem Novemberabend, wurde mir klar, daß ich damals etwas versäumt hatte. Nur wußte ich davon noch immer kaum mehr als in dem Augenblick des Ungenügens beim Sonnenuntergang über dem Meer. Aber hier konnte ich zurückgehen und anknüpfen. Ich wollte mir alles, was mir begegnet war, Schritt für Schritt klarmachen; und ich faßte es als reellen Vorsatz auf. Ich konnte ihn durch Schreiben verwirklichen. So wurde das Schreiben dann für mich zu einer Wiederholung des Vorgangs, zu einem Versuch, durch Erinnerung des äußeren Ablaufs das, was wirklich geschehen war, zu bekommen.

Ich frage mich, ob sich aus solcher Erfahrung etwas für das Schreiben Gültiges ableiten läßt. Ich glaube ja – wenn man es als Hinweis versteht. Sicher bringt der Autor nicht in jedem Fall von seinem Gegenstand ein vorweggenommenes Bild so erkennbar deutlich mit. Aber irgend etwas von solcher Vorwegnahme kann immer vorausgesetzt werden: eine Art Verwandtschaft, die ihn bestimmte Gegenstände finden läßt, ihn für sie empfindlich macht, so daß er sich mit ihnen einläßt; und die ihm dann auch immer Kraft zuführt, daß er bei ihnen bleibt und sie zu Ende bringt.

Man könnte es auch ganz allgemein sagen: es bildet sich im Autor etwas aus, für das er ein äußeres Gegenbild sucht, um es zu ergreifen und in eine Gestalt umzusetzen, die dann ein Innen und Außen hat. Eine

Dichtung entstünde dann durch einen doppelten darstellerischen Vorgang: das Schreiben wäre eine Darstellung des Erlebten – ob aus Erfahrung oder Phantasie; das Erleben aber die Darstellung einer im Keim innen schon vorhandenen Gestalt. Eine solche Formulierung ist gewiß übertrieben; sie zertrennt einen in Wirklichkeit in sich verwobenen Vorgang. Aber vielleicht liegt das Geheimnis des Gelingens, und auch des Reichtums, des Aufblühens und der scheinbaren Mühelosigkeit mancher Arbeit in dieser Übereinstimmung zwischen dem Gegenstand, den der Autor wählt, und einer in ihm vorwählenden Disposition; er wird an diese Plätze geführt.

Ich sagte vorhin, das Schreiben sei für mich, in dem Text von Ansedonia und Volterra, dann ein Versuch gewesen, den Vorgang Schritt für Schritt mit reellem Vorsatz zu wiederholen. Auch hier muß ich von dem Ausgesprochenen der Formulierung etwas zurücknehmen. Zwar ließen sich die einzelnen Schritte dieser Wiederholung im Text ohne Mühe finden. Aber sie waren nicht das Ergebnis einer direkten Folge aus dem schon gefaßten Vorsatz. Ihre Entsprechung und Übereinstimmung zeigte sich erst in der fertigen Arbeit. Ich muß daher richtig sagen, daß beim Schreiben von einer Folge aus diesem Vorsatz reeller Wiederholung noch nichts zu erkennen war. Er war mir als Vorsatz bewußt. Aber er war für mich nichts Abgetrenntes wie eine feste Regel, aus der sich Ergebnisse ziehen ließen. Ich konnte ihn nicht direkt benutzen. Das Schreiben war nicht seine Anwendung.

Diese Erfahrung, so ist man versucht zu sagen, versteht sich von selbst. Aber auch in ihr läßt sich ein Hinweis auf etwas Allgemeines entdecken; und sie kann mir helfen, genauer zu erkennen, wie eine Arbeit entsteht. Zwei Bedingungen, scheint mir, werden hier deutlich. Die erste: der wirkliche Vorgang, das Schreiben, ist immer getrennt von den Absichten des Autors – und ich möchte hinzufügen: je größer der Abstand, umso ungestörter wird die Richtung der Arbeit sein; der Autor ist in seinen Gedanken weniger verläßlich als im Schreiben. Es läßt sich von nichts ableiten, auch von keinem Vorsatz – aber so kommt er vielleicht ans Ziel.

Die zweite Bedingung reicht weiter. Der Abstand des Schreibens von den zutreffenden Vorstellungen, die es begleiten, gilt, scheint mir, ähnlich für alle Bilder und Vorstellungen, die in einer Sache sind; auch sie werden im Augenblick des Schreibens um einen nicht recht faßbaren Abstand entfernt. Es ist dieser Augenblick: sie werden in Wörter und Sätze gebracht; anders können sie nicht sichtbar werden; jetzt geschieht es – und sie zeigen sich nun als das, was diese Wörter und Sätze enthalten. Aber ob es das Ganze ist, daß sie eben noch ungesagt waren, läßt sich nicht erkennen. Die Valeurs der ungesagten Vorstellungen bleiben zurück: verschlossen, nie erfahrbar, gelöscht durch das Nacheinander der Wörter. Hier zeigt sich etwas Unbestimmtes an als das eigentlich Bestimmende für ihre Richtung; und etwas nicht Folgerichtiges, aus dem sich ihre Folge ergibt. Aber sie muß nun gelten – und dies eben ist der Punkt, an dem die Arbeit entsteht. Er läßt das Unvereinbare in dem Vorgang erkennen: die Abweisung, das Unzugängliche, und die Trennung von allem, was nicht im Schreiben selbst ist. Man könnte zuletzt sagen: eine Arbeit entsteht durch Außerachtlassung des Vorganges ihrer Entstehung – indem sie ihn unsichtbar macht, und ihre Bedingungen aufhebt, und sich unabhängig behauptet in ihren Wörtern und Sätzen.

Ich möchte noch einmal ein paar Beispiele aus dem Text bringen, aus der Stelle über Ansedonia wieder, um etwas anzudeuten von diesem Abstand des Schreibens, der es von allen Gedanken und Vorsätzen fernhält. Ich erfuhr es auch hier zuerst nur als Hemmung, Nichtweiterkönnen und Zwang, ein zweites und drittes Mal zu beginnen. Ich brachte es nicht zu einem abgerundeten Bild und hatte ursprünglich nur Sätze wie diese:

»Ich sah es im Mittagslicht vor mir: weiße Steine; langes wehendes Gras.« – Oder:

»Wir gingen am Abend nochmals hinauf: nun waren es Ölbäume, Wiesen und gesellige Sträucher.« – Oder:

»Der Hain, bewohnt von Sträuchern.«

In diesen Sätzen war etwas Bestimmtes festgehalten, aber in Bildern, denen ihr ganzer Zusammenhang fehlte, und die ihn auch nicht vertrugen – bezeichnend erscheint mir, daß mich jedesmal, wenn ich einen solchen Satz dazu abrunden wollte, die Sprache im Stich ließ; die Abrundungen waren leer und hielten nicht stand. Umgekehrt konnte ich diese Sätze auch nicht in ein einziges Bild zusammenziehen; sie hatten in Wort, Klang und Ausdehnung ihr eigenes Gleichgewicht, das einer Anpassung widerstrebte. So war das Bild der »geselligen Sträucher« nur neben dem Einförmigen-Regelmäßigen von Wiese und Ölbäumen richtig; die Wendung »Der Hain, bewohnt von Sträuchern« gab ein anders empfundenes Bild, und schon eine Vereinigung wie »der Hain, von geselligen Sträuchern bewohnt« hätte zwei getrennte Blicke vermischt und ihr einzeln Wahres aufgehoben in einer bloß gefälligen Szenerie. Es blieb nichts übrig, als diese Sätze nebeneinander stehen zu lassen in einer Folge des Gleichen oder Ähnlichen; das aber war Wiederholung und hatte eine Vollständigkeit anderer Art, als ich es von einem Gesamtbild gewohnt war. Und manchmal kam es mir so vor, als drücke sich darin etwas von einem Zeitgefühl aus: von dem Ungreifbaren der Wirklichkeit; der Unmöglichkeit, ein ganzes Bild zu erkennen; und der Nötigung, mit dem stückweis Erfahrbaren und Authentischen auszukommen; es immer wieder mit ihm zu versuchen bis zu dieser Vollständigkeit der Wiederholung, die dann, so schien es mir, das Unbegrenzte der Wirklichkeit in der immer neuen Stellvertretung durch das Sichtbare anzeigte – und in der Schwerfälligkeit der eigenen Gedanken.

So kam ich bei dem Versuch, das wirklich Erfahrene mit reellem Vorsatz zu wiederholen, im Schreiben selbst zu Formen von Wiederholung: in den einzelnen Wendungen, in Fortgang und Gliederung. Der Vorgang war stets der gleiche: an den Punkten genauer Erinnerung entstanden kurze feste Sätze oder

Absätze, sie ließen sich wenig ändern, das ergab Wiederholung – zunächst im Anklang der Wörter und Bilder für einen einzelnen Abschnitt; dann auch für getrennte Abschnitte durch Verknüpfung. Später kam ich noch zu andern Formen von Wiederholung: Verkürzung, Benennung, Zusammenziehung auf eine Formel; und schließlich zur Übernahme gesprochener Worte, zur Hereinnahme einer andern Stimme – das war nicht mehr ganz Wiederholung und ging auch über das enge Authentische hinaus; es verstand sich hier anders. Mit diesem Hinübergehen kam ich zu Ende.

Das Wort Wiederholung hat mich beim Schreiben beschäftigt, so daß es mir fast dasselbe war: Schreiben und Wiederholung. Es kommt im Text auch vor: »Wiederholung, Befestigung, Schritte« heißt es an einer Stelle; an einer andern ist ein bestimmter Vorgang, das Hin- und Hergehen auf dem Corso, wie durch Kennwort als Wiederholung bezeichnet. Hier betrifft es die Sache, nicht nur die Darstellung. Ähnlich geht es durch die ganze Arbeit: es kommt immer auch aus der Sache und bedeutete mir etwas von ihr. Das läßt nun auch, scheint mir, genauer erkennen, warum dieser Vorsatz zur Wiederholung für mich nicht etwas Getrenntes war, sondern eher ein Vorgang im Gegenstand – und auch einer dieser eigenen Schwerfälligkeit – der dann seine Entsprechung im Schreiben hatte, und wo er mir bewußt wurde, den Namen »Vorsatz« bekam. Mit ihm konnte ich mir eine Einteilung machen. Sie stand ursprünglich am Schluß der Arbeit als Übersicht und Inhaltsangabe;

aber sie gehörte, glaube ich, doch nicht mehr ganz zu ihr; es waren hier schon Gedanken über den Gegenstand und das Schreiben. Sie konnten etwas erklären. Und es wäre gewiß auch mir selber unkenntlich geblieben, hätte es mir nicht das Wort »Wiederholung« eröffnet – sie war der reelle Vorgang.

Aber wollte ich dies nun so darstellen, wie es sich jetzt, nachträglich, ergibt, so wäre es doch Auslegung, Interpretation, und nicht eine Auskunft über die Sache, wie sie entsteht. Es war mir, als ich es schrieb, in dieser Einteilung nicht bewußt. In Wirklichkeit war es ähnlich wie bei den Sätzen vom Anfang: es mußte ein Wort nach dem andern kommen; immer ein nächstes wieder, das paßte, und mit dem sich die Mauer des noch nicht Geschriebenen zurückschieben ließ, weil es anders nicht weiterging in der Leere hinter den Wörtern, als mit neuen Wörtern. Die Schritte waren unmerklich; sie setzen sich so deutlich nur ab, wenn man sie sich klarmachen will. Ihr Nacheinander ist dem wirklichen Vorgang nur ähnlich, wenn man ihnen das Undeutliche hinzufügt, von dem sie begleitet sind. Es ist stets mit dabei, wie auf einem Fließband, auf dem man Fuß gefaßt hat und sich nur in den eigenen Schritten dahingehen sieht, während sich unten etwas unkenntlich selber bewegt. Diese andere Bewegung entzieht sich dem Autor. Er fühlt Förderung oder Hemmung und macht sie mit; einiges kann er überblicken. Aber es ist immer auch eine Kraft dabei, die verborgen und auf Umwegen wirkt. So bleibt an dem Vorgang stets etwas offen.

Ich kann es am besten zeigen, wenn ich genau zu sagen versuche, wie dieser Tag in Volterra damals für mich wirklich war. Ich sprach von Belebung und plötzlicher Einsicht; aber das alles war für mich doch auch wieder nicht so deutlich zu spüren, wie ich es geschildert habe. Der Tag in Volterra hatte für mich gewiß die Spannung, die in dem Satz ausgedrückt ist »man wird an diese Plätze geführt«; aber es wäre falsch, darin etwas Betontes und Absichtsvolles zu sehen, das Nüchternheit ausschließt. Es war auch das immer Fragwürdige, Unzulängliche, Triviale solcher Begegnungen mit dabei; etwas wie Eigensinn und Niederlage – eine Erfahrung, die jedem bekannt ist aus ähnlichen Situationen, in denen er irgend etwas besonders erstrebt hat.

So hatte der Besuch in Volterra für mich durchaus nichts von Erfüllung oder Übersicht, aus dem sich eine Summe ergeben hätte. Es war ein Sonntagnachmittag Anfang Oktober 1959; und es waren nur dreieinhalb Stunden eines nicht durch Studien vorbereiteten, sondern durch Hindernisse beeinträchtigten und aus Zufällen unscheinbar zusammengesetzten Aufenthaltes. Das Museum war geschlossen, die Leute gingen ins Kino, Schüler wurden ausgeführt, und ein Postauto fuhr ab. Ich sah nicht viel. Und bei den paar Dingen, die mir dann Eindruck machten, und die ich zu schreiben versucht habe, war ich immer schon abgelenkt durch diesen Satz, der mir eingefallen war »Der Unterschied ist nicht groß«. Er gilt im Text für den Unterschied zu Ansedonia; aber nun muß ich noch etwas sagen: damals, als ich in Volterra war, kannte ich dieses Ansedonia noch gar nicht; ich entdeckte es erst acht Tage später und durch Zufall; ich hatte davon noch nie gehört, hatte auch eine ähnliche Stadt nie gesehen; ich hatte sie mir nur vorgestellt an dem Tag in Volterra; oder mir, wenn ich genau bin, ein zu meinem Satz passendes Bild vorgestellt und es mir wie eine Folie hinter die wirklichen Bilder von Volterra gelegt. Es kam von mir selber und nicht von dem, was ich sah – so wie ich es schon zu dem Beispiel vom Novemberabend gesagt habe: daß es etwas von uns ist, das uns außen begegnet.

Ich weiß heute, daß ohne den Satz »Der Unterschied ist nicht groß« meine Arbeit nicht entstanden wäre – d. h. nicht ohne diese fünf Wörter, zu denen ich mich auch später immer wieder zurückflüchtete, wenn es mir schlecht ging mit der Arbeit; ich nichts mehr zuzusetzen hatte aus mir selber, um weiterzumachen – in diesem Satz fand ich es dann; er gab, wie eine unerschöpfliche Ration, immer noch etwas her.

Diese fünf Wörter »Der Unterschied ist nicht groß« besagen im Grunde nichts, drücken nichts aus, bedeuten nichts als eine schwebende Empfindung. Aber dieses Nichtssagende enthielt schon alles.

So kann ich mich für den ersten Beginn meiner Arbeit nur auf das Leere, Schwebende in den zwei Sätzen berufen »Der Unterschied ist nicht groß« und »von wem bewohnt«. Ein dritter Satz kam später hinzu. Es war, als ich mir klarzumachen versuchte, warum ich in Volterra und Ansedonia so wenig das »Wirkliche«, das ich ahnte, gesehen hatte; ich wollte den

Grund für dieses Ungenügen wissen und schrieb mir Folgendes auf:
»Volterra. Von manchen Orten haben wir ein lange vorgefaßtes Bild, sei es durch Erzählung anderer oder durch besonderen Zusammenhang, der uns etwas angeht; oder auch bloß durch den Klang des Namens – aber wenn wir hinkommen, muß die vorausgeschickte Einbildungskraft von der Anschauung eingeholt werden; und es liegt an uns, ob dieses Unmögliche geschehen kann, erst wenn wir nichts mehr erwarten, wird es vielleicht wahr – nur ist, was wir bekommen, in dem Augenblick etwas anderes: Erinnerung, Vergangenheit, Schatten, fremd.«
Auch hier ist es noch eine schwebende Empfindung, und sie ist nach außen gewandt, in eine Richtung, als handle es sich nur um unzulängliches Sehen – auf etwas scheinbar Allgemeines, in Wahrheit Unverbindliches, von dem ich spürte, daß ich mich dagegen wehren müßte, wenn ich im Schreiben weiterkommen wollte. Dieser Satz steht auch nicht in meiner Arbeit. Aber ich schrieb ihn an demselben Abend, als ich sie anfing: im November, und auf dem Platz vorm Fenster, so wie ich es anfangs geschildert habe. Ich bin nun wieder bei diesem Vorgang, aber gebe jetzt Rechenschaft nach den Wörtern, die festgemacht wurden. Ich hatte diesen Satz, der mir einen Mangel anzeigte; und ich dachte dann an meine zwei andern Sätze »Der Unterschied ist nicht groß« und »von wem bewohnt« – wenigstens hatte ich sie immer parat, nur konnte ich nichts anfangen mit ihnen, auch jetzt nicht, als ich vorm Fenster die Sonne sah. Aber

da wurde mir plötzlich dieser zweite Satz »von wem bewohnt«, in dem sich alles auf die Person zusammenzog, deutlich und wichtig. Und das wäre nun genau der Punkt des Anfangens: die Sonne draußen und diese kleine, unhandliche Frage nach etwas, das wirklich war.

Uwe Heldt

».. . diese kleine, unhandliche Frage nach etwas, das wirklich war.«

Zu Franz Tumlers »Volterra«

In einem 1976 mit Peter Demetz geführten Gespräch erzählt Franz Tumler ein kleines, kurioses Detail aus den Nachkriegsjahren, das wie eine geheime Regel seines Schreibens, als ein Bild vieler literarischer Mühen und Bemühungen der Moderne überhaupt gesehen werden kann. Unter der russischen Besatzung, berichtet er, habe es keine Farbbänder für die Schreibmaschine gegeben, wohl aber Kohlepapier in großer Menge. Darunter habe er eben das weiße Blatt gelegt und geschrieben, ohne daß er zunächst sehen konnte, was auf dem Papier tatsächlich erschien. Das war erst möglich, wenn die Seite voll war und aus der Maschine genommen wurde.
Von der Stadt Volterra, von den Straßen, die zu ihr hinführen, heißt es: »...sie lagen alle drüben, auf der andern, lebenerfüllten Seite der Stadt. Wir waren auf ihrer nicht mehr benutzten Seite angekommen; und diese nicht mehr wahrnehmbare, nicht mehr wirkliche Seite ließ uns alles erkennen – der nicht mehr wirkliche Zugang führte uns hinein...«
»Ich konnte es nicht sehen...« gesteht der Autor einige Seiten zuvor – es ist zunächst ein Unvermögen in und an der Realität, zwischen ihm und seiner Begleiterin will sich keine Verständigung einstellen über die Orte, die Gegenden der Toskana, die sie besuchen. Zunächst Ansedonia, die tote Ruinenstadt unten am Meer, in der sie nur einem Wächter begegnen: »Mauerwerk, Pflaster, Rinnsal, die hochgehobene Stadt,

verlassen, ausgegraben, der Stein an den Tag gelegt, von wem bewohnt – ... unbewohnte Klippe, Weideplatz zwischen den Mauern.«

Und dann Volterra, der Platz, wo noch gelebt wird, wo den Reisenden ein Polizist ihren Weg weist, der »... meint, man könne es mit Schritten erreichen.« Worauf er sie hinweisen will, ist zunächst nur ein Wort: »Le Balze – der Abgrund«, ein Geheimnis, ebenso mythisch-vielversprechend, wie für den Autor der Name »Volterra« selbst war, ein Geheimnis, in einem Wort verborgen, das ein Versprechen auf ein neues Verständnis enthält. »Nun, in der Nähe, verschwindet es. Volterra, ein Name; Schritte über die von dem Alabasterstaub hellen Pflastersteine.«

Von nichts anderem handelt dieser ganze Text: vom Verlieren und Wiedergewinnen der Zeichen, die sich in der Sprache formen, und die nicht da sind, wenn man sie in der Wirklichkeit vor sich hat, wie jene Buchstaben, die hinter dem Kohlepapier verborgen bleiben, bis der Text zu Ende geschrieben ist.

Die literarische Moderne erklärt gerne die von ihr erzeugte Realität als im Akt des Schreibens verfertigt, das Schreiben selbst also als das einzig real Faßbare ihres Weltbezugs – Tumlers »Volterra« und der zugehörige genetische Bericht »Wie entsteht Prosa« sind – bei aller Stille und theoretischen Bescheidenheit – weitaus radikaler, und sie konfrontieren mit einer Fragwürdigkeit alles in Sprache Gesagten, die ihresgleichen sucht.

»Der Mann sagt etwas, aber es wird immer etwas anderes als in den Worten gesagt.« In solchen scheinbar beiläufigen Beobachtungen des Textes wird vom Autor ein Exempel statuiert, entstehen Chiffren jenes Kampfes um die Worte, der gegen das Versinken in der Sprachlosigkeit nur mit den Mitteln der Sprache geführt wird. Wir sind Zeugen eines Balanceakts über dem Abgrund des Chandos'schen Paradoxes, und wir können miterleben, wie das Scheitern an der Sprache im Moment seiner Selbsterkenntnis zum Rettenden wird, weil im Kampf zwischen Erinnern und Vergessen die wenigen bewahrten Bilder den einzig festen Grund zu bieten vermögen – auch wenn sie den Abgrund des Vergessens nicht bannen können.

Jene Sehenswürdigkeit Volterras, die ihnen der Polizist gewiesen hat, begegnet den Reisenden in einer denkwürdigen Szene: »Wir hatten das Tor gesehen und waren über die Mauer gegangen – die Namen, für die wir Bilder mitbrachten, lagen hinter uns. Wir hatten übersehen, daß ein Name geblieben war: Abgrund – davon gab es kein Bild.«

Le Balze, jener Abbruch am Rande Volterras, der Häuser, Kirchen, sogar ein Kloster verschlungen hat, eine geologische Eigenwilligkeit der sonst so unerschütterlich mit Festung und Mauern auf ihrem Hügel thronenden Etruskerstadt, »die geöffnete Tiefe«, »der aufgerissene Stern«, sie ist Ziel einer frommen Prozession, die dem Erzähler als eine Beschwörung erscheint, ein Versuch, zu bewahren, was noch fest ist, eine Rettung vor dem Abgrund durch das bloße Begehen. »Sie gingen hinaus bis an den unbefestigten Rand und hielten das Bild gegen die Tiefe.«

Der seltsam zerstreute Bildersammler, als der uns Franz Tumler durch Volterra führt, der so ganz zufällig durch die Straßen und um die Stadt streift, weiß sehr wohl, was er sieht, und vor allem, was er, bei der späteren Niederschrift, gesehen haben will. Dank des Textes »Wie entsteht Prosa« ist uns genau bekannt, wie es sich verhielt bei jenem Besuch: »Es war ein Sonntagnachmittag Anfang Oktober 1959; und es waren nur dreieinhalb Stunden eines nicht durch Studien vorbereiteten, sondern durch Hindernisse beeinträchtigten und aus Zufällen unscheinbar zusammengesetzten Aufenthaltes. Das Museum war geschlossen, die Leute gingen ins Kino, Schüler wurden ausgeführt, und ein Postauto fuhr ab. Ich sah nicht viel.«

Viel wichtiger dann aber der Beginn der Niederschrift: »An einem Novembertag vor zwei Jahren...«, an dem »...die Sonne unterging...in einer unsichtbaren Dunstschicht.« In diesem Sonnenuntergang begegnet dem Autor ein Zusammenhang, als bloßes Bild, er erlebt, was er im Wort »Wiederholung« zu benennen versucht, das Wiedererkennen eines Defizits, das gerade in diesem Wiedererkennen den Weg zu seiner Überwindung weist: »...ich hatte etwas versäumt und konnte es nicht einholen – und daß ich es schreiben wollte, war nur ein Versuch, es einzuholen...«
Das erscheint zunächst wie das einfache Muster eines Erlebnisaufsatzes: Bewußtmachen, Vergegenwärtigen, Bewahren des Zurückliegenden. Aber gerade das Einfache dieses Musters ist die Schwierigkeit des modernen Autors, der die Beglaubigung erinnerter Empfindungen nur in der Sprache selbst finden kann – in Zeichen, in Bildern, die eigentlich nicht kommunikabel sind, Chiffren, die keinen Weg zu einem Gegenüber, zu einem Sprech- und Sprachpartner finden.
In der bewegenden Sequenz »An der Zitadelle« hat Tumler ein Bild für diese Situation gefunden – die Frauen der im Gefängnis Einsitzenden gehen vor den Mauern, unter den Zellen auf und ab, wiewohl sie keinen Kontakt nach drinnen bekommen, und sie begründen dies damit, daß die drinnen das gleiche tun. »Aber wenn wir außen dasselbe tun wie sie, und hin- und hergehen, dann merken sie, daß jemand mit ihnen redet. Dann ist es eine Art Verständigung. Der Engel geht durch den Stein.«
Kein Erinnern also, sondern ein Mit-, ein Nachsprechen der Worte der Erinnerung, ein Nachgehen der Sätze, der Bruchstücke, die geblieben sind und den Versuch eines Zugangs zu den Bildern ermöglichen, denen doch schon im Moment ihrer Präsenz nicht zu trauen war.
So erscheint das Zufällige, das Beliebige der erinnerten Bilder eigentlich als ein Glück, als die Rettung des Autors vor der

überflutenden Fülle des Sicht- und Erfahrbaren; jenem »Unbegreifbaren der Wirklichkeit; der Unmöglichkeit, ein ganzes Bild zu erkennen; und der Nötigung, mit dem stückweis Erfahrbaren und Authentischen auszukommen; es immer wieder mit ihm zu versuchen bis zu dieser Vollständigkeit der Wiederholung, die dann, so schien es mir, das Unbegrenzte der Wirklichkeit in der immer neuen Stellvertretung durch das Sichtbare anzeigte – und in der Schwerfälligkeit der eigenen Gedanken.«

Die Reduktion, die der Autor erfahren muß, der Mangel, an dem er leidet – sie werden hier sichtbar als Unzulänglichkeit gegenüber beidem, der Fülle der Wirklichkeit wie dem Reichtum der Sprache, und aus diesem Mangel folgt die Anstrengung der Übermittlung des zu Sagenden. »Die Mauer des noch nicht Geschriebenen zurückschieben« nennt Tumler ebenso prägnant wie schmerzhaft diese schier absurde Arbeit des Autors.

Aber sie gibt doch Halt, einige Bilder, einige Sätze, gegen den Abgrund des Vergessens, der Zeit gesprochen, spiegeln eben dadurch, daß sie Einzelheiten sind, das Geheimnis der Chiffren wider: »Wiederholung, Befestigung, Schritte« – wie die Prozession in Volterra die Bedrohung durch »Le Balze« bannen will, reißt der Autor in seinem Text das zufällige Besondere aus der unendlichen Flut des Wirklich-Unwirklichen und findet zum Bild, das unverloren bleiben kann, dem Ziel des Sprechens: »Worte, Benennung, Schritte; und langsam erinnerte ich mich, wie es dort war.«

Mit diesem Satz endet Tumlers »Volterra« – ein mageres Ergebnis, wäre man versucht zu sagen, hätte der Leser nicht zuvor erlebt, mit welcher hart erkämpften Leichtigkeit der Autor sich um seinen Gegenstand bewegt hat, wie er, fast blind, durch eine Fülle von Zeichen zu irren hatte, bis einige von ihnen, nach verstrichener Zeit, auf dem weißen Blatt auftauchten, ohne daß erklärt werden könnte, weshalb sie und keine anderen.

»Langsam erinnerte ich mich, wie es dort war...« Mit großer Gelassenheit spricht Tumler aus, was für ihn, den Heimatlosen, den in Österreich aufgewachsenen Südtiroler, der sein halbes Leben in Berlin verbracht hat, zur selbstverständlichen Übung geworden ist: jeder Ort, jedes Wort, jede Gewißheit will immer wieder neu, in Umgehungen, in Umschreibungen erobert, gewonnen werden. »Ortsbestimmung« heißt ein Gedicht von ihm, das sich mit nichts anderem befaßt als der Aufhebung der im Titel versprochenen Gewißheit:

kein – wie man so sagt –
fester Boden unter den Füßen
jeder Ort verlassen
jedes Haus verraten

oder umgekehrt:
nur geliehen das Haus
        geborgt der Ort
und fremd auch diese Sprache
        für Freuden Schein

oder:
        den Ort wechseln
        ein Haus nicht haben
        zwei Sprachen sprechen
        zweisprachig reden

Daß das Wahre, das »eigentlich« Zugehörige, das Wirkliche, immer das Andere ist, immer etwas, das jenseits der Grenzen liegt, der räumlichen wie der zeitlichen, gehört zu den Grunderfahrungen des Autors. In allen seinen großen epischen Arbeiten, von der frühen Erzählung »Das Tal von Lausa und Duron« über die Romane »Der Schritt hinüber« und »Der Mantel« bis zu den späten Meisterwerken »Aufschreibung aus Trient« und »Pia Faller« stehen Tumlers Gestalten vor Grenzen, die sie nicht zu überwinden vermögen oder deren Überwindung sie fast das Leben kosten – fast, denn immer gibt es den einen Moment, den rechten Augenblick, die Sekunde der Wahrheit, der aber Beharrung nicht zugestanden werden kann.

Le Balze, der Abgrund der Zeit, bleibt stets der Sieger, und auch das Schreiben, das Gestalten in der Sprache, unterliegt ihm, da die Gegenstände flüchtig sind und sich der Erinnerung wie der Sprache nicht fügen wollen. »An mir erblicke ich das Unvermögen, meinen Gegenstand zu erfassen; an der Sache eben dieses Unmögliche, Unzugängliche, das sie für mich jetzt darstellt...«

Dieser Unzulänglichkeit hat der Autor, wie Tumler in »Wie entsteht Prosa« ebenso bescheiden wie grundsätzlich ausführt, nur eines entgegenzustellen: die »Rolle des Schreibenden«:

Meine Jahre
was habe ich angefangen
mit ihnen
sind nicht meine Jahre
aber
    diese Schrift
    ist meine Schrift

Nur indem er sich dem Ungenügen an der erfahrenen Realität bewußt und schreibend stellt, gelingt es dem Autor, dem Abgrund des Vergessens einige befestigte Stellen abzutrotzen, einige Bilder, die als Zeichen im Text überdauern können.

Daraus vermag natürlich keine Erzählung mehr zu entstehen, keine Bewegung durch Raum und Zeit, in der die gesetzten Schritte aufeinander und auseinander folgen, von Kausalität

und Handlung kann die Rede nicht mehr sein. »Wie entsteht Prosa« klärt uns auf, daß auch die innere Geographie von »Volterra«, die symbolische Antinomie der Orte Volterra und Ansedonia eine nachträgliche Fügung des Autors ist – als er in Volterra war, hatte er Ansedonia noch gar nicht besucht, die Zuordnung der Stadt der Toten zur Stadt der Lebenden geschieht erst post festum, an jenem Novembertag in Berlin, als er sich zur Niederschrift an den Schreibtisch setzt.
Und was ihn letztlich treibt, seine Geschichte so und nicht anders zu gestalten, ist ein einziger Satz, der in seinem Kopf entsteht beim Vergleich der Ruinenstadt Ansedonia am Meer und der lebenerfüllten Stadt Volterra tief in den toskanischen Bergen: »Der Unterschied ist nicht groß.« Wie soll denn noch etwas erzählt werden, wenn der größte Unterschied, den der Mensch kennt, der zwischen Tod und Leben, nicht mehr bestehen soll?
Tumler macht deutlich, daß es ihm hier auf die Arbeit des Bewußtseins ankommt, daß Realität, Wirklichkeit nichts zu tun haben kann mit Konkretheit, mit Ausgeführtheit der Formen und Gestalten. Volterra mit seiner Belebtheit, seiner Fülle, zugleich aber auch mit seiner Bedrohtheit durch die Zeit, ist weniger präsent als die tote Stadt: »Und wenn es auch keine Häuser gab, es fehlte nichts. Alles was an ihre Stelle gekommen war, hatte seinen bestimmten Platz; der Ort war deutlicher eine Stadt als mit Häusern.« Die Ruinen, die Fundamente, fordern die beschreibende Rekonstruktion, lassen dem Besucher Freiheit, es »in Worten dahingehen« zu lassen. Das Lebendige aber ist vom Schreibenden nicht mehr einzuholen, es sperrt sich gegen die Sprache, ist, so greifbar auch, doch ganz und gar unbegreiflich, da es völlig im Kontinuum des Vergehens befangen ist, kein Satz kommt zu seinem Ende, der nicht schon überholt, vergangen, widerlegt wäre.
Will die Sprache einer derart wirklichen Wirklichkeit habhaft werden, kann sie dies nur tun aus ihrem eigenen Gesetz her-

aus – sie darf nicht eine Realität vortäuschen, die nicht beschreibbar ist, sondern muß sich an das halten, was aus der sprachlichen Imagination zu entstehen vermag. Genauigkeit ist vor allem Aufrichtigkeit: keine sprachlichen Phänomene zu realen umzudeklarieren. Mit radikaler Konsequenz führt Tumler in »Volterra« einen Gedanken weiter, mit dem er zehn Jahre zuvor den noch sehr konventionellen, umfänglichen Roman »Ein Schloß in Österreich« eingeleitet hatte: »Es sieht nach Roman aus, aber für Romane ist es zu spät geworden in diesem Jahrhundert. Die hochmögende Dame Welt, die dazu nötig ist, hat es ja, allen Zeugnissen nach, einmal wirklich gegeben; aber wir haben sie nicht mehr kennengelernt ›zu ihrer Zeit‹ – uns ist sie schon anders begegnet...«
Es ist nicht viel, was vor einem derart rigiden Begriff von »Erzählbarkeit« noch Bestand hat, aber Franz Tumler hat gezeigt, wie eine Reduktion auf die grundlegenden Möglichkeiten modernen Erzählens sich reinigend auswirken kann auf die Prosa. Die Romane »Aufschreibung aus Trient« und »Pia Faller « sind Beweise dafür, wie die Frage nach den Voraussetzungen des Erinnerns zum Gegenstand des Erzählens selbst werden kann und wie das behutsame Herangehen an unsere Benennungen der Gegenstände uns der für uns gültigen Wahrheit über diese Gegenstände viel näherbringen kann. »Sätze für etwas, das ohne Sätze geschieht/und nichts ist als diese Wahrnehmung in Sätzen...« heißt es in den »Sätzen von der Donau«, Tumlers 1972 erschienenem großen Gedicht über die Landschaft seiner Jugend, über eines der Worte, die ihm »Heimat« bedeuten.

Franz Tumler hat nie den breiten Strom der Popularität gefunden, sein Werk blieb immer einem kleinen Kreis von – allerdings sehr guten – Freunden vorbehalten, und auch der 80. Geburtstag am 16. Januar 1992 wird den oft beschworenen Durchbruch zu einer Bekanntheit, die der Bedeutung seines Werks angemessen wäre, nicht bringen. Mit diesem Schicksal steht er nicht allein – das ist ein Phänomen in der Kunst, das zu bedauern, aber wohl nicht zu ändern ist. Es ist der Preis einer exzeptionellen und daher schwierigen Meisterschaft.

Schmerzlich bleibt allerdings, daß damit auch verschlossen bleiben wird, wie ein Autor sich aus den Verwirrungen unseres Jahrhunderts zu einer Klarheit, einer Genauigkeit zu schreiben wußte, die ohne Vergleich in der deutschen Literatur geblieben ist. In seinem Aufsatz »Jahrgang 1912« hat Franz Tumler mit ungeschönter Deutlichkeit »das Versagen« seiner Generation analysiert und aus ganz privaten, persönlichsten Erfahrungen heraus aufgezeigt, daß nur ein Genauerwerden im Denken und Sprechen vor einem neuen Schuldigwerden würde bewahren können – jene Genauigkeit eben, die für ihn, der sich als junger Mensch von der »Kulturpolitik« der Nazis hatte vereinnahmen lassen, zur wesentlichen Triebkraft seines Schreibens nach dem Zusammenbruch des Faschismus geworden ist.

Tumler hat nie versucht, seine Verstrickung zu beschönigen, sich ein wie auch immer beschaffenes Mäntelchen des »inneren Widerstands« zu häkeln. Er hat nur eines versucht: zu einem Schreiben zu finden, das für jedes seiner Worte einstehen kann, um den Preis freilich, daß dann vieles ungesagt bleiben muß, daß der Schreibende sich oft reduzieren muß auf den Akt des Schreibens selbst, auf akribische Wahrnehmung dessen, was unter dem Schreiben geschieht, was unter dem Geschriebenen liegt.

Ich weiß keine Biographie, in der der Reduktionismus der Moderne so offensichtlich herleitbar ist aus dem Mißtrauen, das unser so wortmächtiges Jahrhundert erzeugt hat, in dem die Wahrheiten gehandelt werden wie billiger Flitter und alle Sätze sich nicht einmal mehr im Nichts zu treffen wissen. Es geht ernst und es geht streng zu in dieser Literatur, aber sie

beweist zugleich, daß es auch eine Ästhetik der Beschränkung gibt, eine Schönheit der Sprache und der Bilder, die aus dem unnachgiebigen Fragen nach dem entsteht, was wirklich ist.
Tumler gelingt es in »Volterra«, und das macht das Bedeutende dieser Dichtung aus, aus einem Bewußtseins-, einem Schreibprozeß ein Bild werden zu lassen, das die Gegenstände aller ihrer universellen Äußerlichkeiten entkleidet und damit in seinen Sätzen ihr wahres Geheimnis entstehen läßt: einzelne zu sein und nur für uns – »Worte, Benennung, Schritte« –, immer zu wiederholen, zu beschwören, zu erschreiben.
Der Moderne, nicht nur in der Literatur, ist oft vorgehalten worden, sie würde das Leben aller Geheimnisse berauben, es reduzieren auf abstrakte Formen, auf entseelte Bilder. In ihren besten Zeugnissen aber beweist sie uns, daß sie im Gegenteil das Geheimnis endlich aufzuspüren wußte, das so lange gesucht wurde: »Angekommen auf der Straße, die es nicht gab, an dem nicht mehr wirklichen Zugang.«
Tumler zeigt uns, daß das Geheimnis im Menschen selbst liegt, in seiner Fähigkeit, den Bildern nachzuschreiben, in seiner Potenz, den Zeichen neue Zeichen folgen zu lassen, und in seiner Sorglosigkeit um den Weg, den sie ihn weisen bei der Suche nach der Antwort auf »diese kleine, unhandliche Frage nach etwas, das wirklich war«.
»Dabei waren uns alle Zeichen gegeben worden. Aber erst jetzt, wo ich nichts mehr sehe, und es dir nur erzähle und aufschreibe, weiß ich, was es war.«

Inhalt

Franz Tumler

Aufschreibung aus Trient

Roman. 249 Seiten. Serie Piper 1019

»Es ist die Idee des Buches: daß es nötig ist, miteinander ins Gespräch zu kommen, im Menschlichen wie im Politischen. Und es ist der Kunst des Autors zu verdanken, daß sich diese Idee nirgends zum Spruchband entrollt, sondern ganz in die Darstellung eingegangen ist. Gewissenhaftigkeit im moralischen Sinn und Genauigkeit der sinnlichen Anschauung sind in Tumlers Roman auf ungewöhnliche Weise in Einklang gebracht.« Der Tagesspiegel, Berlin

Ein Schloß in Österreich

Roman. 544 Seiten. Serie Piper 652

Der Roman erzählt die Geschichte eines alten Schlosses in Oberösterreich, der darin lebenden Menschen und ihrer Zeit – man schreibt das Jahr 1939, der Anschluß ans »Reich« ist soeben vollzogen. Aufbruchstimmung herrscht, ein pommerscher Adliger, der das alte Gemäuer erworben hat, will daraus etwas Neues, Mustergültiges machen. Eine junge Frau, Elise, hilft ihm dabei, ihr Mann ist viel unterwegs, und so entsteht ein sich zunehmend verwirrendes Geflecht menschlicher Beziehungen in einer verworrenen Zeit.

Pia Faller

Roman. 183 Seiten. Serie Piper 807

»Franz Tumler erzählt, die Hände wie ausgestreckt über den heißen Schotter der Donau-Auen, und hofft, daß ihm die schwarzen Steine antworten, wo sich die Menschen seiner Sympathie versagen. Ich kenne keinen anderen Epiker, der das Archaische und das Modernste so leicht und fest zusammenbindet.« Peter Demetz

Sätze von der Donau

79 Seiten. Serie Piper 869

Das Land Südtirol

Menschen, Landschaft, Geschichte.
Mit einer ausführlichen Zeittafel.
485 Seiten. Serie Piper 352

Lächelnd über seine Bestatter: Österreich

Österreichisches Lesebuch von 1900 bis heute
Herausgegeben von Ulrich Weinzierl.
506 Seiten. Serie Piper 1040

»Österreich, wie es in unserem Jahrhundert geworden ist«. So könnte der Untertitel des vorliegenden Bandes lauten, der 120 Texte versammelt, in die Geschichte eingegangen ist und aus denen diese wiederum vernehmlich spricht, je deutlicher, unverschlüsselter, desto besser. Literarische Qualität war deshalb keinesfalls das entscheidende Kriterium, ja es wurde sogar das zweifellos Miserable berücksichtigt, wenn es sich um zeittypische Äußerungen handelte. Auf derlei Proben zu verzichten, wäre kurzsichtig gewesen, da auf dem Parnass eben doch eine weltfernere Atmosphäre herrscht als in den Niederungen des Durchschnittlichen. Dennoch fehlen die illustren Namen nicht: Schnitzler, Kraus, Roth, Musil, Polgar, Freud, Bachmann, Handke, Canetti.

Ciao, Bellezza

Deutsche Dichter über Italien. Ein Lesebuch
Herausgegeben von Petra und Manfred Hardt.
417 Seiten. Serie Piper 999

Italien und die Italiener in der Sicht deutscher Dichter, angefangen mit Goethes faszinierender Schilderung des römischen Karnevals über die sehnsuchtsvollen Träume der Romantiker bis hin zu den bissigen Einlassungen zeitgenössischer Lyrik, die die traditionelle Italiensehnsucht konterkarieren ... Mit Texten von über vierzig Autoren, darunter viele neuere wie Ingeborg Bachmann, Rolf Dieter Brinkmann, Günter Kunert, Ulla Hahn, Peter Rühmkorf, Friedrich Christian Delius und Rose Ausländer, vermittelt der Band mosaikartig ein Bild dessen, was deutsche Dichter und Schriftsteller aus zwei Jahrhunderten in Italien erlebt und erfunden haben.

Unter apenninischem Himmel

Italienisches Lesebuch
Herausgegeben von Patricia Reimann. 399 Seiten. Serie Piper 600

Diese Sammlung italienischer Prosa und Lyrik lädt den Leser ein zu einem literarischen Spaziergang durch die vielschichtige Wirklichkeit italienischen Lebens, wie sie sich in der Literatur des Landes während der letzten hundert Jahre spiegelt. Der Leser wird sich in erster Linie an der großen und originellen erzählerischen Kraft, mit der die Fülle der Motive gestaltet ist, erfreuen können, er wird darüber hinaus aber auch die Möglichkeit haben, die Entwicklung der italienischen Literatur vom Verismus des 19. Jahrhunderts bis zu den verschiedenen Strömungen der Gegenwartsliteratur zu verfolgen.